Tian Huo

人民文学出版社

天 火

有价值悦读

阿 来

图书在版编目（CIP）数据

天火/阿来著.—北京：人民文学出版社，2013
（有价值悦读）
ISBN 978-7-02-010070-5

Ⅰ.①天… Ⅱ.①阿… Ⅲ.①中篇小说—小说集—中国—当代
②短篇小说—小说集—中国—当代③散文集—中国—当代 Ⅳ.①
I217.2

中国版本图书馆 CIP 数据核字（2013）第 209653 号

责任编辑　脚　印
责任校对　李晓静
装帧设计　陶　雷
责任印制　王景林

出版发行　人民文学出版社
社　　址　北京市朝内大街 166 号
邮政编码　100705
网　　址　http：//www.rw-cn.com

印　　刷　北京市松源印刷有限公司
经　　销　全国新华书店等

字　　数　153 千字
开　　本　787 毫米×1092 毫米　1/32
印　　张　9.125　插页 3
印　　数　1—10000
版　　次　2013 年 11 月北京第 1 版
印　　次　2013 年 11 月第 1 次印刷

书　　号　978-7-02-010070-5
定　　价　26.00 元

出版说明

社会飞速发展，欲求稳定健康、立足长远，必须有具备良好价值的文学读品，丰富和保护我们个体的心灵和创造力；社会飞速发展，现实的我们，也确实没有多少完整的时间，投入心性的培养和审美能力的提升。人民文学出版社推出这套"有价值悦读"丛书，以作品精到为编选方向，以形态精致为制作目标，旨在为当今奔忙于生计和学业的人们，提供一个既可以随时便览，抽时间细细品味也深有内涵的文学经典读本。

初出第一辑，以当代优秀的小说家为主，每人一册，不特选小说，作者有被称道的散文作品亦纳入该作者的选本。

限于目前的具体情况，一些作者未能收入眼下这一辑，我们将在后续的出版过程中，满足大家的要求。

我们热切地期盼广大读者，对我们这套丛书提出意见和建议，以使我们能够做得更好，我们彼此能够更贴近。

人民文学出版社编辑部

目 录

天　火

1.

多吉跃上那块巨大的岩石，口中发出一声长啸，立即，山与树，还有冰下的溪流立刻就肃静了。

岩石就矗立在这座山南坡与北坡之间的峡谷里。多吉站在岩石平坦的顶部，背后，是高大的乔木，松、杉、桦、栎组成的森林，墨绿色的森林下面，苔藓上覆盖着晶莹的积雪。岩石跟前，是一道冰封的溪流。溪水封冻后，下泄不畅，在沟谷中四处漫流，然后又凝结为冰，把一道宽阔平坦的沟谷严严实实地覆盖了。沟谷对面，向阳的山坡上没有大树，枯黄的草甸上长满枝条黝黑的灌丛。草坡上方，逶迤在蓝天下的是积着厚雪的山梁。

多吉手中一红一绿的两面小旗举起来，风立即把旗面展开，同时也标示出吹拂的方向。时间是正午稍后一点，阳光强烈，风饱含着力量，从低到高，从下往上，把三角旗吹向草坡和积雪山梁的方向。

多吉猛烈地挥动旗子，沿着沟谷分散开的人群便向他聚集过来。

他挥动旗子的身姿像一个英武的将军。有所不同的是，将军发令时肯定口齿清楚，他口诵祷词时，吐词却含混不清。也没有人觉得有必要字字听清，因为人人都明白这些祷词的内容。

多吉是在呼唤火之神和风之神名字。呼唤本尊山神的名字。他还呼唤了色媶措里的那对金野鸭。他感觉到神灵们都听到了他的呼唤，来到了他头顶的天空，金野鸭在飞翔盘旋，别的神灵都凌虚静止,身接长天。他的眉宇间掠过浅浅的一点笑意。

他在心里默念:"都说是新的世道,新的世道迎来了新的神,新的神教我们开会,新的神教我们读报纸,但是,所有护佑机村的旧的神啊,我晓得你们没有离开,你们看见,放牧的草坡因为这些疯长的灌木已经荒芜,你们知道,是到放一把火,烧掉这些灌木的时候了。"

神们好像有些抱怨之声。

的确,旧神们在新世道里被冷落,让机村的人们假装将其忘记已经很久了。

多吉说:"新的神只管教我们晓得不懂的东西,却不管这些灌木疯长让牧草无处生长,让我们的牛羊无草可吃。"

他叹息了一声,好像听见天上也有回应他叹息的神秘声音,于是,他又深深叹息了一声,"所以,我这是代表乡亲们第二次求你们佑护。"他侧耳倾听一阵,好像听见了回答,至少,围在岩石下向上仰望的乡亲们从他的表情上看到,他好像是得到了神的回答。在机村,也只有他才能得到神的回答。因为,多吉一家,世代单传,是机村的巫师,是机村那些本土神祇与人群之间的灵媒。平常,他也只是机村一个卑微的农人。但在这个时候,他伛偻的腰背绷紧了,身材显得孔武有力。他混浊的眼睛放射出灼人的光芒,虬曲的胡须也像荆刺一样怒张开来。

"要是火镰第一下就打出了火花，"多吉提高了嗓门，"那就是你们同意了！"说完这句话，他跪下了，拿起早就备好的铁火镰，在石英石新开出的晶莹茬口上蒙上一层火绒草，然后深深地跪拜下去：

> 神灵啊！
>
> 让铁与石相撞，
>
> 让铁与石撞出星光般的火星，
>
> 让火星燎原成势，
>
> 让火势顺风燃烧，
>
> 让风吹向树神厌弃的荆棘与灌木丛，
>
> 让树神的乔木永远挺立，
>
> 山神！溪水神！
>
> 让烧荒后的来年牧草丰饶！

唱颂的余音未尽，他手中的铁火镰已然与石英猛烈撞击。撞击处，一串火星迸裂而出，引燃了火绒草，就像是山神轻吸了一口烟斗，青烟袅袅地从火绒草中升起来，多吉小心翼翼地捧着那团升着青烟的火绒草，对着它轻轻而又深长地吹气，那些烟中便慢慢升起了一丛幽蓝的火苗。他向着人群举起这团火，人群中发出齐声的赞叹。他捧着这丛火苗，通了灵的身躯，从一丈多高的岩石顶端轻盈地一跃而下，把早已备好的火堆引燃。

先是红桦白桦干燥的薄皮，然后是苔藓与树挂，最后，松树与杉树的枝条上也腾起了火苗。转眼之间，一堆巨大的篝火便燃烧起来了。风借着火苗的抖动，发出了旗帜般展动的声音。

几十支火把从神态激越庄严的人们手中伸向火堆，引燃后又被高高举起。多吉细细观察一阵，火苗斜着呼呼飘动，标示出风向依然吹向面南朝阳，因杂灌木与棘丛疯长而陷于荒芜的草坡，他对着望向他的人群点了点头，说："开始吧。"

举着火把的人们便沿着冰封峡谷的上下跑去。

每个人跑出一段，便将火把伸向这秋冬之交干透的草丛与灌木，一片烟障席地而起，然后，风吹拂着火苗，从草坡下边，从冰封溪流边开始，升腾而上。剩下的人们，都手持扑火工具，警惕着风，怕它突然转向，把火带向北坡的森林。虽然，沟底封冻溪流形成的宽阔冰带是火很难越过的，但他们依然保持着高度的警惕。每一个人都知道，这火万一引燃了北坡上的森林，多吉蹲进牢房后，也许就好多年出不来了。

就因为放这把山火，多吉已经进了两次牢房。

今天，上山的时候，他从家里把皮袄与毛毯都带来了。有了这两样东西压被子，即使在牢房里，他也能睡得安安心心，暖暖和和了。大火燃起来了，从沟底，被由下向上的风催动着，引燃了枯草，引燃那些荒芜了高山草场的坚硬多刺的灌木丛，沿着人们希望它烧去的方向熊熊燃烧。来年，这些烧去了灌木丛的山坡，将长满嫩绿多汗的牧草。

烧荒的滚滚浓烟升上天空，这大火的信号，二十多公里外的公社所在地都可以看到了。要不了几个时辰，公安开着警车就会出现在机村，来把多吉捕走。

这个结果，多吉知道，全村人也都知道。

眼下，大火正顺风向着草坡的上端燃烧，一片灌木丛被火舌舔燃，火焰就轰然一声高涨起来，像旗帜在强劲的风中强劲地展开。这些干燥而多脂的灌木丛烧得很快，几分钟后，火焰就矮下去，矮下去，贴着空地上的枯草慢慢游走，终于又攀上另一片灌木丛，烛天的火焰又旗帜一般轰轰有声高涨起来。人群散开成一线，跟着火线向着山坡顶端推进。用浸湿的杉树枝把零星的余烬扑灭，以防晚上风变向后，把火星吹到对面坡上的森林中间。

多吉一个人还留在峡谷底下，他端坐在那里，面前一壶酒已喝去了大半。他没有醉，但充血的眼睛里露出了凶巴巴的神情。人

6

们跟着火线向着山梁上的雪线推进，很快，好些地方的火已经烧到雪线，自动熄灭了。正在燃烧的那些地方也非常逼近雪线了。那些跟踪火头到了雪线上的人完成了任务陆续返回谷底了。人们回来后，都无声无息地围在他的四周。他继续喝酒，眼里的神情又变得柔和了。

一场有意燃起的山火终于在太阳快要落山时燃完了。人们都下到谷底来，默默地围坐在多吉的身边。多吉喝完了最后一滴酒。他把空壶举到耳边摇摇，只听见强劲的山风吹着壶口，发出嘘嘘的哨声。多吉站起身来。环顾一下围着他的乡亲，大家看着他，眼里露出了虔敬而痛惜的神情，连大队干部和村里那些不安分的年轻人都是如此。他满意地笑了。不管世道如何，总有一个时候，他这个知道辨析风向，能呼唤诸神前来助阵，护佑机村人放火烧荒，烧出一个丰美牧场的巫师，就是机村的王者。

他慢慢站起身来，马上就有人把他装着皮袄与毛毯的褡裢放在了毛驴背上，他问："公安还没来吗？"

大家都望望山下，又齐齐地摇头，说："没有！"

"他们总是要来的，我自己去路上迎他们吧。"然后，他就拍拍毛驴的屁股，毛驴就和主人一起迈步往山下走去。

人群齐齐地跟在他后面，走了一段。

多吉停住脚步，把手掌张开在风中，他还扇动宽大的鼻翼嗅了嗅风的味道："大家留步吧，想我早点回来，就守在山上，等月亮起来再下山回家吧。"然后，他眼里露出了挑衅的神色，说，"如果要送，就让索波送我吧。"索波是正在蹿红的年轻人，任村里的民兵排长也有些时候了，"如果我畏罪逃跑，他可以替政府开枪。当然我不会跑，不然今后牧场荒芜就没人顶罪放火了。"

这个家伙狂傲的本性又露出来了，惹得民兵排长索波的脸立即阴沉下来。虽然能够感觉到阴冷的牢门已经向着他敞开了，但做了一天大王的多吉却心情不错，他对冷下脸去的索波说："小伙子，不要生气，也是今天这样的日子才轮着我开开玩笑，我不会跑，我是替你着想，公安来抓我，由你这个民兵排长把我押到他们面前，不是替你长脸的事情吗？然后，你把我的毛驴牵回来养着就行了。"

关于多吉当时的表现，村人分成了两种看法。

一种说，多吉不能因为替牧场恢复生机而获罪，就如此趾高气扬。

但更多的观点是，索波这样的人，靠共产党翻身，一年到头都志得意满，就不兴多吉这样的人得意个一天半天。但这些都是后话了。

却说当下索波就停住脚步,扭歪了脸说:"什么?!我答应把毛驴给你牵回来就不错了,还要我给你养着!"

索波话音刚落,人们的埋怨之声就像低而有力的那种风拂过了森森的树林:"哦——索波——"

但索波梗起细长的脖子,坐在了地上,仰脸望着天空,一动也不动了。

"哦——"埋怨之声又如风拂过阴沉的树林。

多吉知道,自己沉浸在那挥舞令旗,呼唤众神,引燃火种的神圣情境中太久了。现在,那把激越的火已经烧过,山坡一片乌焦,作为一种罪证赤裸而广大地呈现在青天白日下,这里那里,还冒着一缕缕将断未断的青烟。多吉终于明白,虽然放火的程序与目的都是一样的,在这个新时代里,这确乎是一种罪过了。

他叹了口气,从驴背上解下褡裢,扛上自己的肩头,对着大家躬躬身,独自向山下走去。

这时,警车闪着警灯,开进了村里。大家看见走出很远的多吉,向着正要上山的公安挥手,向他们喊话,说自己会下去投案,就不辛苦他们爬上山来了。几个公安就倚在吉普车窗边看着他一步步从山上下来。

多吉走到山下,公安给他戴上手铐,把褡裢装上车子,就开走了。

大队长格桑旺堆说:"今天回去,就写证明,大家签字,把他保出来吧。"

格桑旺堆又说:"妈的,送保书的时候,可没有小汽车来接,只好我自己走着去了。"

有个年轻人开玩笑说:"那你就骑多吉的毛驴去吧。"

结果那个年轻人被他父亲狠狠打了一个嘴巴。年轻人在县里上农业中学。眼下学校放了假,老师们关起门来学习批判,学生便都回乡村来参加生产。年轻人梗起脖子,想要反抗,但被更多的眼光压制住了。风把山坡上的黑色灰烬扬起来,四处抛洒。在这风中,黄昏便悄然降临了。

天一黑下来,正好观察山上有无余火。但一片漆黑中,看不到火星闪烁或飞溅。星星一颗颗跳出天幕,然后,月亮也升上天幕,山峰,山梁,都以闪光的冰雪勾出了美丽的轮廓,甚至深沉在自身暗色中的森林的边缘,也泛出莹莹的蓝光。烧荒过后的地方,变得比夜更黑,更暗,就像突然出现在这个世界中央的无底深渊。

望着这片漆黑无光的地方,这片被火焰猛烈灼烤过的土地,已经在严冬之夜完全冷却下来,不会被风吹起火星,把别的林地也烧成眼下这样了。于是,人们放心地下山回家。只等来年,被烧去了杂灌木的牧场上长满丰美的青草。

多吉已经被押到了公社，派出所所长老魏叫人开了手铐，让他坐在自己的桌子跟前。还叫人端来了一茶缸开水。

老魏叹口气："又来了。"

多吉有些抱愧地笑笑："我要不来，不成材的小树荒住了牧场，牛羊吃不饱，茶里没有奶，糌粑里没有油，日子不好过呀！"

"这么一说，你倒成英雄了。"

多吉笑笑，说："这样的事，做了，成不了英雄，不做，大家都要说巫师失职了。"

"那你可以不做这个巫师。"

"这是我的命，我爸爸是巫师，所以我就是巫师。"

"那你儿子也是巫师了。"

"现在，没人肯嫁巫师，我没有儿子，以后，牧场再被荒住，就是你们自己操心了。"他还找补了一句后来成为他恶攻证据的狠话，他说："你们什么都改造，该不会让牛羊都改吃树吧？"就为这句话，在这篇小说将要描写的那场大火烧起来的时候，将会让老魏干不成公安，而带给他本人的厄运，更是他当时无法想象的。

这句话刚说完，就有年轻公安厉声喝道："反动！"

但老魏沉默半晌，说："真的，不放这把火就不行吗？"

多吉倒是很快就接上了嘴："就像你不逮我不行一样。"

老魏挥挥手，说："带下去，不要让他冻着了，明天一早送到县上去。"

多吉说："我还是多待一两天，大队的保书跟着就会送来，我跟保书一起到县上吧。"

年轻公安说："保书送来你就不蹲牢房了？"

"那怎么可以呢？在牢房里过年好，有伴。我想，还是跟往常一样，开春了，下种了，队里需要劳力了，我就该回去了。"

老魏叹了口气："只怕今年不是往年了。"

多吉眨眨眼："冬去春来，年年都是一样的。"

年轻公安提高了声音："伟大的无产阶级文化大革命开始了！全国山河一片红，今年怎么还是往年！"

多吉摇摇头："又是一件我不懂的事情了。"

因为放火烧荒，多吉与老魏他们打交道不是一次两次了。第一次，他很害怕，第二次，他很委屈，现在，这只是到时候必须履行的一道例行公事了。当初对他也像现在这年轻人一样凶狠的老魏倒是对他越来越和气了。多吉带人烧荒，是犯了国家的法。法就像过去的经文一样明明白白把什么能做什么不能做写在纸上。但这两者也有不一样的地方。一个人的行为有违经书上的律例，什么报应都要等到来世。而法却是当即兑现,依犯罪的轻重,或者丢掉性命,或者蹲或长或短的牢房。

机村人至今也不太明白,他们祖祖辈辈依傍着的山野与森林,怎么一夜之间就有了一个叫做国家的主人。当他们提出这个疑问时,上面回答,你们也是国家的主人,所以你们还是森林与山野的主人。但他们在自己的山野上放了一把火,为了牛羊们可以吃得膘肥体壮,国家却要把领头的人带走。

机村人这些天真而又蒙昧的疑问真还让上面为难。所以,每次,他们不得不把多吉带走,关进牢房,但又在一两个月,或者两三个月后,把这个家伙放了出来。

每次,多吉都得到警告,以后不得再放火了。第一次,机村三年没有放火,结果第四个年头上,秋天没有足够牧草催肥的羊群在春草未起之前,死去了大半。这一年,母牛不产崽,公牛拉不动春耕的犁头。才又请示公社。公社书记曾在刚解放的机村当过工作队长。没有说可以,也没有说不可以,机村人便在他的默认下放火烧荒。多吉还是只关了两个月,但公社书记却戴上右派的帽子,丢掉了官职。以后,多吉就连村干部也不请示,自己带着机村人放火烧荒了。

2.

多吉想到自己一进牢房,就让好些上面的人为难,心里还有些暗暗得意。所以,在公社派出所临时拘留所的铁床上,他很快就睡熟了。第二天一早,他还睡得昏昏沉沉,就被塞到吉普车里了。

车开出一段了,多吉慢慢在清晨的寒冷中清醒过来。按惯例,老魏会等到全村人签名画押的保书送来,再一并送到县城的大牢里去。这已经是一个不成文的规矩了。

两个年轻公安一脸严肃,多吉喉头动了几次,终于问出声来:"老魏呢? 不是还要等保书吗?"

年轻公安脸上露出了轻蔑的神情:"老魏? 老魏。还是想想你自己吧。"两个年轻人还显稚嫩的脸上露出了凶恶的神情。这种神情比冻得河水冒白烟的寒冷早晨还要冰冷。

这使多吉心里涌起了不祥的预感。他不想相信这种预感,但是,他是一个巫师,是巫师都必须相信自己的预感。巫师的预感不仅属于自己,还要对别人提出预警:危险! 危险!

但这个巫师不知道危险来自什么地方。

直到吉普车进了县城,看到不知为什么事情而激动喧嚣的人群在街道上涌动,天空中飘舞着那么多的红旗,墙上贴着那么多红色的标语,像失去控制的山火,纷乱而猛烈。他想,这大概就是他不祥预感的来源了。他不明白,这四处漫溢的红色所为何来。吉普车在人流中艰难穿行。车窗不时被巨大的旗帜蒙住,还不时有人对着车里挥舞着拳头。这些挥舞拳头的人,一张张面孔向着车窗扑来,又一张张消逝。有的愤怒扭曲,有的狂喜满溢。

两个年轻公安很兴奋,也很紧张,多吉一直在猜度,这巨大的人流要拥向哪里,但他没有看到这股洪水的方向。更让他看不明白的是,他们的愤怒好像也没有方向,就像他们的狂喜也没有一个实在的理由一样。

多吉把心里的疑问说出来:"为什么一些人这么生气,一些人又这么高兴?"

两个年轻公安并不屑于回答一个蒙昧的乡下人愚蠢的问题。

多吉也并不真想获得答案。所以,当牢房的铁门哐啷啷关上,咔嗒一声落上一只大锁后,他只耸了耸肩头,就一头倒在地铺上睡着了。他睡得很踏实。在这个拘押临时犯人的监房里,人人好像都惊恐不安。只有他内心里还怀着自豪的感觉。他没有罪。他为全村人做了一件好事。这件好事,只有他才可以做。正因为这个,他才是机村一个不可以被小视的人物。特别是到了今天,很多过去时代的人物,土司、喇嘛们都风光不再的时候,只有他这个巫师,还以这样一种奇特的方式被机村人所需要。

连续几天,他睡了吃,吃了睡。醒了,就静坐在从窗口射进来的一小方阳光里,安详,而且还有隐隐的一点骄傲。对同监房那些惊恐不安的犯人,他视若不见。

这种安详就是对那些犯人的刺激与冒犯。

但是,第一个对他动手的家伙,一上来,就被他一拳打到墙角里去了。然后,他第一次开口说话:"不要打搅我,我跟你们不一样,不会跟你们做朋友。"

他只要把这句话说出来,人们就知道他是谁了。在这个他已经数次来过的拘留所里,他已经是一个故事里的人物了。

每次,他进到监房里,都只对犯人说同一句话。这句话是他真实的想法,但再说就有一点水分了。他说:"我来这里,只是休息一些时候,平时太累,只有来这里才能休息一些时候。乡亲们估摸我休息得差不多时,就来接我回去了。"

传说中,他是一个能够呼风唤雨的巫师,犯人们自然对他敬而远之了。

醒来的时候,坐在牢房里那方唯一的阳光里,他很安详,但他的睡梦里却老有扰动他不安的东西:不是具象的事物,不是魔鬼妖精，而是一些旋动不已的气流，有时暗黑沉重，有时又绚烂而炽烈。多吉在梦里问自己，这些气流是什么？是自己引燃的遍山火焰吗？是想把火焰吹得失去方向的风吗？他没有想出答案。

拘留所就在县城边上，高音喇叭把激昂的歌声、口号声，隐隐地传进监房。过去，最多三天，就有人来提审他了。警察们也在天天开会，天天喊口号，这些执法者中间，也躁动着一种不安的气氛。

为了抗拒这种不安的情绪，多吉闭上眼睛，假想警察已经来提审他了。他们给他戴上手铐，把他摁坐在一张硬木椅子上。

面前的桌子后面，坐着两个警察，一个人说话，一个人写字。

问话的人表情很严肃，但说话已经不像第一次那么威严了："又来了？"

"我也不想来，可是杂树长得快，没办法。"

"看来你还是没有吸取教训。"

"我吸取了，但那些杂树没有吸取。"

"那你晓得为什么来了？"

"我晓得。护林防火，人人有责，可是我却放火。"

"你又犯罪了！烧毁了国家的森林！"

"可是……"

"可是什么？！"

"可是,你们的国家还没有成立这些森林就在了呀。"

"胡说! 中华人民共和国没有成立以前,这里也是国家的!"

"是,我胡说。但你的话我还是没有听懂。"

"笨蛋!"

"是,我笨,但不是蛋。"

"你烧了国家的树林,而且,你是明知故犯。你知罪吗?"

"我晓得你们不准,但不烧荒,机村的牛羊没有草吃,就要饿死了。我没有罪。"

然后,他又被押回监房。如是几次,审问,同时教育,执法者知道这犯法的人不能不关一段时间,以示国家的利益与法令不得随意冒犯,但是,这个人又不是为了自己而犯罪,机村的全体贫下中农又集体上书来保他。于是,就做一个拘留两三个月的宣判。宣判一下来,他就可以走出监房,在监狱院子里干些杂活了。他心里知道,这些警察心里其实也是同情他的。所以,他干起活来,从不偷懒耍滑。

这一回,他在半梦半醒之间把自己弄去过堂,觉得上面坐着公社派出所的老魏。老魏苦着脸对他说:"你就不能不给我们大家添这个麻烦吗?"

多吉也苦着脸说:"我的命就是没用的杂树,长起来,被烧掉,明明晓得要被烧掉,还要长起来,也不怕人讨厌。"

"可现在不一样了!现在有国家有法!"

"其实也一样,牛羊要吃草,人要吃肉吃奶。"

老魏就说:"这回,谁也保不了你了。"

他醒来,却真真是做梦了。

梦刚刚醒,监房门就被打开了。两个警察进来,不再像过去那么和颜悦色,动作利索凶狠,把他双臂扭到背后,咔嚓一声就铐上了。手铐上得那么紧,他立时就感到手腕上钻心的痛楚,十个指头也同时发胀发麻。接着背后就是重重一掌,他一直蹿到监房外面,好不容易才站住了,没有摔倒在地上。

他们直接把他扭进了一个会场。

他被推到台前,又让人摁着深深弯下了腰。口号声中,有年轻人跳上台来,拿着讲稿开始发言。发言的人一个接着一个,他们都非常生气,所以,说话都非常大声,大声到嗓子都有些嘶哑了。多吉偷眼看到派出所的老魏垂头坐在下面,一副担惊受怕的样子,他想问问老魏,有什么事情会让这么多人都这么生气?

这时,他没有感到害怕。

虽然,每一个人发言结束的时候,下面的人就大呼口号,把窗玻璃都震得哐哐响。

他感到害怕,是老魏也给推上来了,站在了他这个罪犯的旁边。当初他手下的年轻警察上来发言时,讲到愤怒处,还吭吭地扇了老魏两个耳光。老魏眼里闪过愤怒的光芒,但声震屋瓦的口号声再一次响起来,老魏梗着的脖子一下就软了。

再后来,这个拘留所的所长也给推了上来。造反的警察们甚至七手八脚地动起手来,扯掉了他帽子和衣服上的徽章。所长低沉地咆哮着挣扎反抗,但他部下们的拳头一下一下落在他身后,每一记重拳下去,所长都哼哼一声,最后口鼻流血,软软地倒在了地上。

所长和老魏的罪名都是包庇反革命纵火犯,致使这个反革命分子目无国法,气焰嚣张,一次一次放火,向无产阶级专政挑战。多吉被从来没有过的犯罪感牢牢地抓住了。他一下子跪倒在了老魏与所长的面前。他刚刚对上老魏绝望的双眼,什么也来不及说,什么东西重重地落在了他头上,嗡一声眼前一片金花飞起,金花飞散后,他就什么都不知道了。

再次醒来时,他先感到了头顶的痛,手腕的痛,然后是身下水泥一片冰凉。屋子被刺眼的灯光照得透亮。他晓得自己是被关进单间牢房了。他算是这个拘留所的常客,知道关进这个牢房来的人,如果不被一枪崩了,这辈子也很难走出这牢房了。

他非常难过，不是因为自己，而是因为老魏与所长。他难过得觉得自己就要死了。他不吃不喝，躺在地上，等待死神。两天后，死神没有来临，神志反而越来越清醒了。他想站起来，但没有力气站起来。于是，他爬到监房门口，用额头把铁门撞得哐哐响。门开了，一个警察站在他面前。他说："老魏。"

"住口！"

他说："是我害了老魏吗？"

那个警察弯下腰来，伸手就锁住了他的喉头："叫你住口！"

多吉的喉头被紧紧锁住，但他还是在喉咙里头说："老魏。"

警察低声而凶狠地说："你要不想害他，就不准再提他的名字！"

那手便慢慢松开了。多吉喘息了好一阵子，身子瘫在了地上，说："我不提了，但我晓得，你和老魏都是好人。"

警察转身，铁门又哐啷啷关上了。多吉想晓得这个世界突然之间发生了什么变故，使警察们自己人跟自己人这么恶狠狠地斗上了。他绝望地躺在冰冷的水泥地上，泪水慢慢沁出了眼眶。泪水使灯光幻化迷离，他的脑子却空空荡荡。

他又用头去撞那铁门，警察又把门打开。

多吉躺在地上，向上翻着眼睛说："我犯了你们的法，你们可以枪毙我,但你们不能饿死我。"

警察又是哐啷一声把铁门碰上,到晚上,真有水和饭送进来了。

时间慢慢流逝,有一天,悬在牢房中央那盏明亮刺眼、嗡嗡作响的灯,一声响亮炸开了。随即,牢房里便黑了下来。牢房里刚黑下来的时候,多吉眼前还有亮光的余韵在晃动,然后,才是真正的黑暗,让人心安的黑暗降临下来。多吉紧张的身体也随即松弛下来。他想好好睡上一觉。但脑子里各种念头偏偏蜂拥不断。多吉这才明白,原来是那刺眼的灯光让他不能思考。这不,黑暗一降临,他的脑子立即就像风车一样转动起来了。

如今这个世界,让人看不明白也想不明白的变化发生得太多太快,即使他脑子转动起来,也把眼下正在发生的事情想不清楚。这个世界上发生的事情,早在一个寻常百姓明白的道理之外,也在一个巫师自认为知晓的一切秘密门径之外。多吉利用熄灯的宝贵时间,至少想明白了这样一件事情,也就不再庸人自扰,便蜷曲在墙角,放心睡觉了。

他不晓得自己这一觉睡了多长时间,看守进来换坏掉的灯他还是睡着的,但那灯光刷一下重新把屋子照得透亮时,他立即就醒过来了。人一认命,连样子都大变了。他甚至对看守露出了讨好的笑容。

看守离开牢房时说:"倔骨头终于还是软下来了?"

送来的饭食的分量增加了,他的胃口也随之变好。刚进来的时候,他还在计算时间,但在这一天亮到晚的灯光下,他没有办法计算时间。到了现在,当他已经放弃思考的时候,时间的计算对他就没有什么意义了。

3.

这是一千九百六十七年。私生子格拉死去有好几年了。

所以在这个故事开始时,又把那个死去后还形散神不散的少年人提起,并不包含因此要把已写与将写的机村故事连缀成一部编年史的意思。只是因为,这场机村历史上前所未有的大火,是由格拉留在人世的母亲桑丹首先宣告的。

这场毁败一切的大火,烧了整整一十三天。

格拉死后好久,他那出了名的没心没肺的母亲并不显得特别悲伤。

人们问:"桑丹,儿子死了,你怎么连一滴眼泪也没有呢?"

桑丹本来迷茫的眼中,显出更加迷茫的神色:"不,不,格拉在林子里逮兔子去了。"

"我家格拉在山上给林妖喂东西去了。"

人们问:"不死的人怎么会跟林妖打交道呢?"

桑丹并不回答,只是露出痴痴的、似乎暗藏玄机的笑容。

她这种笑与姣好面容依然诱惑着机村的男人。有时,她甚至还独自歌唱。人们说:"这哪是一个人,是妖怪在歌唱。"

这个女人,她的头发全部变白了,却少女黑发一般漾动着月光照临水面那种令人目眩神迷的光泽,让人想到这些头发一定是受着某种神秘而特别的滋养。她的面孔永远白里泛红,眼睛像清澈而又幽深的水潭。褴褛的衣衫下,她蛇一样的身段款款而动,让人想起深潭里传说的身子柔滑的怪物。就在机村背后半山上松林环绕的巨大台地中,的确有这样一个深潭。那个潭叫做色嫫措。

色嫫是妖精,措是湖。色嫫措就是妖怪湖。

两个地质勘探队来过,对这个深潭有不一样的说法。一个说,这个深潭是古代冰川挖出来的深坑。另一个说,这个深坑是天上掉下来的石头砸出来的。

地质队也不过顺口一说罢了,他们并不是为这个深潭而来。

那个时代,机村之外的世界是一个可以为一句话而陷入疯狂的年代。当然,这句话不是人人都可以讲的,而是必须出自北京那个据说可以万寿无疆,因此要机村贡献出最好桦木去建造万岁宫的那个人之口,才能四海风行。

这两个地质队,一队是来看山上有多少可以砍伐的树木。另一队是来寻找矿石。他们只是在收起了丈量树木的软尺和敲打岩石的锤子,以及可以照见地面与地底复杂境况的镜子时,站在潭边顺便议论一下而已。

这些手持宝镜者都是有着玄妙学问的人哪。

起先,机村有人担心,这些人手中的镜子会不会把色嫫措里金野鸭给照见哪。他们好像没有照见。但是,湖里的宝贝有没有受到镜子的惊吓,那就谁也不知道了。

这才到了这个故事真正开始的这一天。

这个机村历史上前所未见的干旱的春天。

机村的春天本该是这样到来的。先是风转了方向,西北方吹来的风缩回冷硬的锋头,温暖温润的东南风顺着敞开的河谷吹拂而来。在这一天比一天暖和的风的催促下,积雪融化,坚冰融化,冻结一冬的溪流发出悦耳的声音。暖暖的太阳光下,树木冻得发僵的枝干,日益柔软,有一点风来,就像动情的女人一样,摇摇晃晃。土地也苏醒了,一点点地潮湿,一点点地松软,犁头把肥沃的土地翻开,种子从女人们的手里撒播下去,然后,几场细雨下来,地里庄稼就该出苗了。

但是，在这前所未见的干旱春天，地里的庄稼虽然出了一点苗，但天上降不下来雨水，老是高挂着明晃晃的太阳，那些星星点点的绿意便无力连缀成片。有风起来的时候，庄稼地里不见绿意招摇，反倒扬起了股股尘烟。

绿意不肯滋蔓，日子仍像庄稼正常生长的年头一样流逝。播下种子后，就该是修理栅栏的时候了。机村庄稼地靠山的一边，都围着密实的树篱。林子里的野物太多，要防着它们到地里来糟蹋庄稼。

修理栅栏的时候，间或会有人把手搭在额头上，向着远处的来路张望。有时，这个张望的人还会念叨一句："该是多吉回来的时候了。"

这一天，有一个人正这样念叨时，看见远远的河口那边高高地升起一柱尘土。尘土像一根粗壮的柱子升起来，升起来，然后，猛然倾倒，翻滚的烟云在半天中弥漫开来。但却没有人看见。

央金站起身来，一手叉着这个年纪说来很粗壮的腰，一只手抬起来，很利落地在额头上做了一个擦汗的动作，然后喊："看，汽车来了！"

人们哄笑起来。因为胖乎乎的央金这个动作像她的很多动作一样，都是刻意模仿来的。她模仿的对象是报纸上的照片，是电影里的某个人物，或者宣传画上的某种造型。

央金不管这个，不等人们止住笑声，她已经往公路上飞奔而去了。她的身后，扬起了一股干燥的尘土。更多的人跟着往山下跑，在这个干旱的春天里，扬起了更多的尘土。

往汽车上装桦木的男人们还记得，那天的桦木扛在肩上轻飘飘的，干旱使木头里的水分差不多都丢失干净了。

汽车一来，全村人几乎都会聚集到那里。这和以前那些日子一模一样。甚至还有人问司机："你看到多吉了吗？"

那个时代的司机派头比公社干部还大，所以，这样的问题他根本懒得回答。

头发雪白、脸孔红润的桑丹也痴痴地站在人群里。不一样的是，这时，人们头上，好像有一股不带尘土味道的风轻轻地掠过去了。人们都抬了一下头，却什么都没有看见。天上依然是透着一点点灰的那种蓝，风里依然有着干燥的尘土的味道。只有桑丹细细地呻吟一声，身子软软地倒下了。

有人上去掐住她的人中，但她没有醒来。

还是央金跑到溪边，含了一大口水，跑回来，喷在她脸上，桑丹才慢慢睁开眼睛，说："我的格拉死了，我的格拉的灵魂飞走了。"

央金翻翻白眼，把脸朝向天空："你终于明白过来了。"

桑丹眼睛对着天空骨碌碌地打转，说："听。"

央金说："桑丹，你终于明白你家格拉走了，你就哭出来吧。"说着，她自己的泪水先自流出来了。这个姑娘跟她的妈妈一样好出风头，心地却不坏，爱憎分明，但又头脑简单。她摇晃着桑丹的肩头，"你要明白过来，你已经明白过来了，你就哭出来吧。"

桑丹坚定地摇着头，咬着嘴唇，没有哭出声，也没有流下一滴泪水。然后，她再次侧耳倾听，脸上出现了似笑非笑的表情。这种神情把央金吓坏了，她转过脸去，对她母亲阿金说："你来帮帮我。"

"你能帮她什么？"

"我想帮她哭出来。"

阿金说："你们都小看这个人了，谁都不能帮她哭出来。"

桑丹漠然地看了阿金一眼，阿金迎着她的目光，说："桑丹，你说我说得对吧？"桑丹紧盯着她的眼睛里射出了冷冰冰的光芒。天上的阳光暖暖地照着，但阿金感到空气中飘浮的尘土味都凝结起来了，她隐隐感到了害怕。但这个直性子的女人又因为这害怕而生气了。新社会了，人民公社了，虽说自己还是过着贫困的日子，但是穷人当家做主，自己当了贫下中农协会的主席，过去的有钱人弯腰驼背,也像过去的穷人一样穷愁潦倒了。这个神秘的女人据大家推测,也是有钱人家的大小姐,今天落到这个地步了,自己干吗还要害怕她呢?

于是,她又说:"桑丹,我跟你说话呢,你怎么不回答?"

桑丹又笑笑地看了她一眼:"我的格拉真走了?"

"嚛!看看,她倒问起我来了!告诉你吧,你的格拉,那个可怜的娃娃早就死了。死了好,不用跟着你遭罪了!"

"是吗?"桑丹说。

"是吗?难道不是吗?"

桑丹漂亮的眼睛里好像漫上了泪水,要是她的泪水流下来,阿金会把这个可怜的人揽到自己怀里,真心地安抚她。但这个该死的女人仰起脸来,向着天高云淡的天空,又在仔细谛听着什么。她的嘴唇抖抖嗦嗦翕动一阵,却没有发出悲痛难抑的哭声,而是再一次吐出了那个字:

"听。"

而且,她的口气里居然还带着一点威胁与训诫的味道。

阿金说:"大家说得没错,你是个疯子。"

桑丹潭水一样幽深的眼睛又浮起了带着浅浅嘲弄的笑意,说:"听见了吗?色嫫措里的那对金野鸭飞了。"

她的声音很低，就像是在自言自语，但在现场的所有人都听见了。

"桑丹说什么？金野鸭飞了？"

"金野鸭飞了？"

"她说色嫫措的保护神，机村森林的保护神飞走了。"

"天哪！"贫协主席阿金脸上也现出了惊恐的神色。

央金扶住了身子都有些摇晃的母亲说："阿妈，你不应该相信这样的胡说！"她还对着人群摇晃着她胖胖的、指头短促的小手，说："贫下中农不应该相信封建迷信，共青团员们更不应该相信！"

"你是说，机村没有保护神的吗？"

"共产党才是我们的救星！"

"共产党没来以前呢？机村的众生是谁在保护呢？"

央金张口结舌了："反正不能相信这样的鬼话！"

大家都要再问桑丹怎么会说出这种话来。

央金和民兵排长索波这帮年轻人要责问她为什么在光天化日下宣传封建迷信？

更多的村民是要责问她，机村人怜悯她收留了她，也不追问她的来历，而她这个巫婆为何要如此诅咒这个安安静静存在了上千年的古老村庄。传说中，机村过去曾干旱寒冷，四山光秃秃的一片荒凉。色嫫措里的水也是一冻到底的巨大冰块。后来,那对金野鸭出现了,把阳光引来,融化了冰,四山才慢慢温暖滋润,森林生长,鸟兽奔走,人群繁衍。现在,她却胆敢说,那对金野鸭把机村抛弃了。

怒火在人们心中不息地鼓涌,但又能把这么一个半疯半傻的女人怎么办呢?只能眼睁睁地看着她带着悲戚的神情离开了人群。

人们看着她摇摇晃晃的背影。而且,全村的人都听到了她哀哀的哭声,她长声吆吆地哭着说:"走了,走了,真的走了。"

不知道她哭的是自己的儿子还是机村的守护神。胸膛被正义感充满的年轻人想把她追回来,但是,从东边的河口那边,从公路所来的方向,一片不祥的黑云已经升腾起来了。

黑云打着旋,绞动着,翻滚着,摆出一种很凶恶的架势,向天上升腾。但相对于这晴朗的昊昊长空来讲,又不算什么了。

本来,这种柱状的黑云要在夏天才会出现。夏天,这云带着地上茂盛草木间氤氲而出的湿气,上升上升,轰隆隆放着雷声,放出灼目的蛇状电闪,上升上升,最后,被高天上的冷风推倒,轰然一声,山崩一样倒塌下来,把冰雹向着地上的庄稼倾倒下来。

问题是,现在不是夏天,而这个春天,空气中飘浮着如此强烈的干燥尘土的味道,地面上怎么可能升起来这样的云柱呢?人群骚动一阵,慢慢又安静下来了。虽然心里都有着怪怪的感觉,但是,看到那柱黑云只在很遥远的河口那边翻腾,并没有像夏天带来冰雹的黑云,那么迅速地攀升到高高的天空,然后群山倾颓一样一下子崩塌下来,掩住整个晴朗无云的天空。

装满桦木的卡车发出负重的呜呜声开走了,人们回到村子吃完午饭,再懒洋洋地往山坡边修补栅栏的时候,抬头看看,那柱黑云还在那里。黑云的底部,还是气势汹汹地翻卷而上,但到了上面,便被高空中的风轻轻地吹散了。晴朗的天空又是那么广阔无垠,那黑云一被风吹散,就什么都没有了。水汽充盈的时候,天空的蓝很深,很滋润,但在这个春天里,天空蓝得灰扑扑的,就像眼下这蒙尘的日子,就像这蒙尘日子里人们蒙尘的脸。

太阳落山时,深重的暮色从东向西蔓延,那柱黑云便被暮色掩去了,而在西边,落山的太阳点燃了大片薄薄的晚霞。这样稀薄而透亮的晚霞,意味着第二天,又是一个无雨的大晴天。

老人们叹气了,为了地里渴望雨水的庄稼,为了来年大家的肚皮。这种忧虑让人们感到从未见过的那柱黑云包含着某种不祥的东西。望望东边,夜色深重。

夜幕合上的时候,那柱黑云就隐身不见了,就像从来就没有出现过一样。

4.

多吉再次被提出牢房时,双腿软得几乎都不会走路了。

高音喇叭正播放着激昂的歌曲。这是多吉不会听的歌。对于一个机村人来说,歌曲只有两种,或者欢快幸福,或者诉说忧伤。而这些歌曲里却有股恶狠狠的劲头,好像要把这世界上的一切都抹去,只让自己充斥在天地之间。

但这显然又是很难做到的。这不,多吉只是掀了掀鼻翼,就闻到了春天的气息。树木萌发的气息,土地从冰冻中苏醒过来的气息。他想象不出,在那没日没夜的灯光下,他已经待到春天了。往年的这个时候,他已经回到机村了。

他不沾地气已经很久了。现在,他双腿抖抖嗦嗦地站在阳光下,温暖蜂拥而来,地气自下而上,直冲肺腑与脑门,使他阵阵眩晕。好几次,他都差点倒下。但他拼命站稳了,久违的阳光与地气使他渐渐有了站稳双脚的力量。

犯人一个个提出牢房,一个个双手反剪,用绳子紧紧绑了起来。

绑起来的犯人每两个被押上一辆卡车。车厢两边贴上了鲜红的标语，刚写上的大字墨汁淋漓。多吉数了数，一共有八辆卡车。一前一后的两辆汽车上，站满了全副武装的军人和臂戴红袖章的年轻人，这些年轻人同样全副武装。装着犯人的卡车上，是戴上了红袖章的警察。每一辆汽车都发动了。发动机轰鸣着，喷射出呛人的气味把来自脚下土地和四周山野的春天气息完全淹没了。

多吉在押着犯人的第二辆车上。

第一辆车上的两个犯人背上，插着长长的木牌。多吉的木牌更宽大，不同的是这木牌是沉沉地挂在胸前，挂牌子的铁丝勒在脖子上，坠着他的头深深地低了下去。

戒备森严的车队沿着顺河而建的街道往县城中心开。他又见到了被押来县城那天所见到的标语与旗帜所组成的红色海洋。躁动的，喧腾的，愤怒中夹杂着狂喜，狂喜中又掺和了愤怒的红色海洋。过去，他多次来过县城，从来没有见过这样多的人蜂拥在街上，也从来没有见过这么多的人同时亢奋如此，就像集体醉酒一样。这情景像是梦魇，却偏偏是活生生的现实。

一路的电线杆子上都挂着高音喇叭。喇叭里喊一声："无产阶级文化大革命万岁！"那一根电线上的串着的喇叭因距离产生延迟效应，造成一个学舌应声的特别效果："岁！岁！岁！

岁！岁！"

喇叭排到尽头的地方，是黛青色的群山发出回声："万岁——岁——岁——岁——！"

广场上更是人山人海，翻飞的旗帜还加上了喧天的锣鼓，他们好像是在一个巨大的庆典上。犯人一押上台子。上面有人声音洪亮地振臂一呼，下面，刷一片戴着红色袖章的手臂举起来，口号声响得恐怕连他们自己喊什么都听不明白了。

他们又唱了非常激昂，非常愤怒的歌。

然后，宣判就开始了。多吉不太懂汉语，但他听到了一些很严重的词：反革命、反动、打倒、消灭、死刑。

听到"死刑"两个字的时候，下面又是林涛在狂风中汹涌一样的欢呼。他看到旁边的那个犯人腿一软，昏过去了。他也跟着腿软，但架着他的两个人一使劲，才没有瘫坐在地上。场子上太喧闹了，他听不清楚谁被判了死刑，谁被判了无期，谁被判了有期。

他的脑子里已经一片空白了，还是嗫动着干燥的嘴唇，问架着他的人："我也要死吗？"

"你们这些反革命都该死！"

这时，下面整齐地唱起歌来。犯人在歌声中被押上汽车。这回，一路上的高音喇叭停了。几辆新加入车队的吉普车上拉响了凄厉的警报。车队没有开回监狱，而是向着野外开去了。

多吉想，真是要拉他们去枪毙了。车队出了县城，在山路上摇晃很久，开到了一个镇子，在那里停下来，人们立即就聚集起来了。这里，没有人喊口号，人们只是默默地聚集在车队周围，带着一点好奇，带着一点怜悯，看着车上被五花大绑的犯人。多吉突然开口说："我要尿尿。"

"就尿在裤子里吧。"

多吉就不再说话了，但他也不能尿在裤子里，要是这样的话，将来就是死了，也会留下一个不好的名声。人们会说，机村那个巫师临死之前，吓得尿在裤子里了。

他想，那我就拼命忍住吧。果然就忍住了。

车队又拉响警报，上路了。在下一个镇子，等警报声安静下来，尿意又来了。多吉又说："我要尿尿。"

这次，人家只是白了他一眼，懒得再回答他了。

车队又呜呜哇哇往前开了。多吉突然想到，这样忍下去，也许到真正枪毙他们的时候，子弹穿进头颅的那一瞬间，意识一松，肯定要尿在裤子里。这样，在他身后，人们仍然会说他是一个胆小鬼，这消息肯定还会传回机村，那么，他这一世的骄傲就彻底毁掉了。

所以，他一路都在说我要尿尿，我要尿尿。尿得干干净净的，就可以体面地上路了。开始他低声恳求，后来，他便愤怒地大声吼叫了。车队停下来。一大团布塞进了他的嘴里。他就拼命挣扎，用头去撞人，撞车。结果，他被人一脚从车上踹了下去："你尿吧！"

但他的双手被紧缚在背上，他无法把袍子撩起来，也无法把裤子解开。

"怎么，难道要老子替你把鸡巴掏出来？"

他嘴里呜呜有声，拼命点头。这么一折腾，他真是有些憋不住了。

那些人也被这漫长的，无人围观的游行弄得有些疲惫了，正好拿他醒醒神。他被揪着领口推到公路边的悬崖上，下面二三十米深的地方，是流畅自如的河水，翻腾着雪白的浪花。一个人把他往前猛一推，他一下双脚悬空，惊叫出声。那些人又把他拉了回来。

惊魂甫定的他，听到那些人说："这下尿出来了！"然后是轰然一阵大笑，盖过了河水的咆哮。

多吉脑子里也是轰然一声，暖乎乎的尿正在裤子里流淌，而且，他止不住那带着快感的恣意流淌。

他怒吼一声，嘴里的布团都给喷吐出来了。这巨兽一般的咆哮把那些人都惊呆了。然后，多吉回头看了那些人一眼，纵身一跃，身体便在河风中飞起来，他感到沉重的肉身变得轻盈了，那浪花飞溅的河水带着久违的清新之气扑面而来。

等那些人明白过来，多吉已经纵身跳下了悬崖，消失在河水中了。他们一齐对着河水开枪，密集的枪声过后，河水依然什么事情都没有发生一样，翻涌着雪白的浪花。

多吉在河里消失了。

有人抬手看了看表，时间是上午十点半。

这也是机村大火燃起来的第一天。

5.

这一天，还发生了一件奇怪的，让索波和央金这批年轻人非常气愤的事情。

大队长格桑旺堆病了。他发病时正是做饭前祷告的时候。

饭前祷告是一种很古老的习惯。

因此祷告也是一个很古老的词，只是在这个新时代里，这个古老的词里装上了全新的意思。

这时祷告的意思，已经不是感谢上天与佛祖的庇佑了。本来，村里每一家火塘上首，都有一个神龛，里面通常供有一尊佛像，一两本写着日常祈祷词的经书，有时还会摆着些需要神力加持的草药。当然，那都是好些年前的事情了。这些神龛都空了好些年了。但人们过了太久有神灵的日子，上头发动大家破除封建迷信时，很多人只是搬掉了龛里的菩萨，但龛还留在那里。这就像什么力量把你心里的东西拿掉了，并不能把装过这些东西的心也拿掉一样。人们看着这龛就像看着自己空落落的心一样，所以，总是盼着有什么东西来把这空着的地方填上。

人们这一等，就是好些年。

文化大革命开始不久，空了许多年的神龛便有了新的内容与形式。

神龛两边是写在红纸上的祝颂词。左边：伟大领袖万寿无疆；右边：林副统帅身体健康。中间，是一尊石膏塑成的毛主席像。上面还抽人去公社集训，学回来一套新的祈祷仪式。

仪式开始时，家庭成员分列在火塘两边，手里摇晃着毛主席的小红书。程序第一项，唱歌："敬爱的毛主席，敬爱的毛主席，你是我们心中的红太阳……"等等，等等。程序第二项，诵读小红书，机村人大多不识字，但年轻人记性好，便把背得的段子领着全家人念："革命不是请客吃饭。"

老年人不会汉话，只好舌头僵硬呜噜呜噜跟着念："革、命，不是……吃饭！"

或者："革命……是……请客……"

程序第三项，齐诵神龛对联上的话，还是年轻人领："敬祝伟大领袖毛主席万寿无疆！"

摇动小红书，合："万寿无疆！万寿无疆！"

领："敬祝林副主席身体健康！"

摇动小红书，合："永远健康！永远健康！"

最后，小红书放回神龛上，喝稀汤的嘘嘘声，筷子叩啄碗边的叮叮声便响成一片。

大队长格桑旺堆就在这时犯病了。先是面孔扭曲，接着手、脚抽搐，然后，他蜷曲着身子倒在地上，翻着白眼，牙齿嘚嘚作响。

在机村人的经验中，这是典型的中邪的症状。赤脚医生玉珍给他吃了两颗白色的药片，但他还是抽搐不已。玉珍又给他吃了一颗黄色的药片，还是没有效果。新方法没有效果，就只能允许老方法出场了。这就像没有新办法解决牧场荒芜的问题，只好让巫师出来呼神唤风，用老办法烧荒。

老办法其实也是改良主义的。

格桑旺堆被扶坐起来，小红书当经书放上头顶，柏树枝的熏烟中，又投入了没药、藏红花和醒脑的鼻烟末，然后，从红经书上撕下带字的一页，烧成灰调了酒，灌进了病人的嘴巴。格桑旺堆猛烈地打了几个喷嚏，身体慢慢松弛下来，停止了抽搐。

这是暂时的缓解之计，根本之道还是要送到公社卫生院去打针吃药。马牵来了，但筋疲力尽的大队长根本坐不稳当。月光凉沁沁地从天上流泻下来。格桑旺堆软软地像一只空口袋一样，从马背上倒下来。

清浅溪水一样的月光泻了满地，他就躺在这凉沁沁的月光里，嘴里呜噜呜噜地，一半是呻吟，一半是哭诉："哎哟，我要死了，我要死了！"

格桑旺堆是一个好人，也是一个软弱的人。他是一个好人，所以机村人才拥护他当机村的领头人。他是一个软弱的人，所以，一点点病痛会让他装出十分的痛苦模样，更不要说现在本已病到八九分的时候了。只要有力气，他就会一点都不惜力地大声呻吟，把自己的痛苦告知世人。眼下，大家倒真担心他这么叫唤会用尽了对付病痛的力气。于是，他的妻子俯下身子，亲吻他的手，他的女儿也俯下她的身子，亲吻他的额头。这个人很不男子汉的地方就是痛苦的时候需要这样的安抚。

他终于安静下来了，脸色苍白，眼神无助而绝望。

他用耳语般的声音说"痛"。

他说痛不是感觉，而像是说一个名字："痛，它在走，这里，这里，这里，这里。"他的手指着自己一个又一个关节，一会儿是脚踝，一会儿是脖子，再一下，又到了手腕。好像那痛是一只活蹦乱跳的精灵。

猛一下，他握住了自己左手的一根手指："这里！"

然后，如释重负地长吐一口气："我捉住它了！"

有人忍俊不禁，低低地笑出声来。

人们把他扶上了担架，抬起来，往河口敞开的方向——公社所在地去了。

送行的人们走到村口，还看到他抬起身子，向着村民们挥了挥手。

担架慢慢走远，消失在远处雾气一样迷茫的月光中了。这时，人们又注意到了几乎已经忘记的那片不祥的连天黑云。现在，那片黑云还停在那里。黑云的上端，被月光镶上了一道银灰的亮边，而在黑云的底部，是一片绯红的光芒。

传说中说，对于不祥之物，最好的办法就是装作不知道它，看不见它。那片黑云也是一样，这么久没人看它，它就还是下午最后看它时那副样子。现在，这么多人站在村口，抬眼看它了，那片红光便闪闪烁烁,最后抽风一样猛闪一下,人们便真真切切地看到,大片旗帜般招展欢舞的火焰升上了天空,把那团巨大的黑云全部照亮了。

那片红光使如水月色立即失去了光华,落在脚前,像一层稀薄的灰烬。

人群里发出一阵惊呼。

然后,人们听到了一阵奇怪的声音。不是自己惊呼的回声,而是驴的叫声。是多吉那头离开主人很久的驴。它站在村口一堵残墙上,样子不像一头驴,而像是一头孤愤的狼,伸长了脖子,长声叫唤。

这个夜晚有如不真实的梦境。

在这似真似幻的梦境中,那头驴跃下墙头,往河口方向跑去了。不久,驴就赶过了担架。人们在它背后大声呼喊,叫它停下,叫它和同村的人们一起赶路,但它立着双耳,一点也不听这些熟悉的声音亲切而又焦灼的招呼,一溜烟闯入到前面灰蒙蒙的夜色里去了。

人们都很纳闷,这头驴它这么急慌慌地要到哪里去呢?要知道,眼下这个地方,已经出了机村的边界,机村的大多数人都很少走出过这个边界,更不要说机村的牲畜了。这头驴为什么非要在深更半夜闯到陌生的地界里去呢？这事情，谁都想不明白。

但现在不是从前，随时都有让人想不明白的事情发生。所以，眼下这件事情虽然有些怪诞离奇，但人们也不会再去深究了。

但担架上的那个病人却有这样的兴趣："什么跑过去了？是一头鹿吗？我听起来像鹿在跑。"格桑旺堆是村里数一数二的好猎手，拿着猎枪一走进树林，他就成了一个机警敏捷而又勇敢的家伙，与他平时在人群中的表现判若两人。

"是多吉的驴！"

"多吉的驴？"

"是多吉的驴。"

病人从担架上费力地支起身子，但那驴已经跑得无影无踪了。病人又躺下去，沉默半晌，突然又从担架上坐起身来，说："肯定是多吉从牢房里放出来了！"

"不是说他再也回不来了吗？"

格桑旺堆说："我们不知道，但这好畜生知道，它知道主人从牢里出来了！"他还想再说什么。但那阵阵抽搐又袭来了。他痛苦呻吟的时候，嘴里发出羊一样的叫唤。机村人相信，一个好猎手，命债太重，犯病时口中总要叫出那些野物的声音，眼下这羊叫一样的声音，就是獐子的声音，是盘羊的声音，是鹿，是麂，是差不多一切草食的偶蹄类的野物的垂死的声音。一个猎人一旦在病痛中叫出这样的声音,就说明死神已经降临了。

病人自己也害怕了:"我要死了吗?"

人们没法回答这样的问题,他们只是把担架停下来,往格桑旺堆嘴里塞上一根木棍,这样,他再抽搐,就不会咬伤自己的舌头了。

担架再上肩时,行进的速度明显加快了。病人的抽搐一阵接着一阵,突然他大叫一声:"停下!"

担架再次停下。

"放下!"

担架慢慢落在地上。刚才还抽搐不已,仿佛已经踏进死亡门槛的病人哆嗦着站了起来:"我看见多吉了!"

他的手指向公路的下方。

格桑旺堆的手指向对岸:"那里!"

那里是一片草地。草地上除了几丛杂生灌木黑黑的影子什么都没有。草地边缘,是栎树与白桦混生的树林。侧耳倾听,那些树木的枝干中间,有细密而隐约的声响,毕竟是春天了,只要吸到一点点水分,感到一点点温暖,这些树木就会拔枝长叶,这些声响正是森林悄然生长的交响。

多吉不在那里。

但病人坚持说,他刚才确实看见了,多吉和他的驴,就在那片草地的中间。然后,只有在狩猎时才勇敢坚强的病人自己躺在担架上,像一个娘们一样哭泣起来:"我看见的是鬼魂吗? 多吉,我看见的是你的鬼魂吗? 我也要死了,你等着我,我们一起去投生,一起找一个好地方投生去吧!"

"多吉兄弟,我对不起你,机村也对不起你,你却现身让我看见,是告诉我不记恨我是吗?"

"多吉,我的好兄弟啊! 你可要等着我啊!"

喊完这一句,他就晕过去了。

这时,东方那片天空中闪闪烁烁的红光又爆发了一次,大片的红焰漫卷着,升上天顶。人们的脸被远处的火光照亮,而地上,仍是失去光泽后仿佛一切都被焚烧,只剩下灰烬般的月色倾洒在万物之上。

6.

第二天,格桑旺堆才在公社卫生院的病床上醒过来。

他睁开眼睛,脑子里空空如也。

只看见头顶上倒挂着的玻璃瓶里的药水,从一根管子里点点滴下,流进了自己的身体。这可是比巫术更不可思议的法子。流进身体的药水清冽而冰凉,他想,是这冰凉让他清醒过来。

他知道自己再一次活过来了。他让自己发出了声音,这一次,是人的叹息,而不是野物的叫声。

看护他的人是他的侄子,招到公社来当护林员已经两年多了。他父亲给他的名字是罗吾江村,文化大革命一开始,很多汉人开始更改自己的名字,他也把名字改成了汉人的名字:罗卫东。

罗卫东俯下身子问他:"叔叔你醒了?"

格桑旺堆笑了:"我没有醒?"他还伸了伸不插胶管的那只胳膊,感到突然消失的力量正在回到自己的身体。

"我是说你肯定是真正清醒了吗?"侄子的表情有些忧心忡忡。

格桑旺堆想,可怜的侄子为自己操心了:"好侄子,放心吧,我好了。"

侄子的表情变得庄重严肃了:"听说,你看见多吉了?"

"我看见了,可他们都说没有看见! 你有他的消息吗?"

"叔叔,领导吩咐了,等你一清醒,他们就要找你问话。"

"是老魏吗? 不问话他也会来看我。"

侄子看他一眼,什么也没说,转身出去了。又走回来,兴奋地说:"我进专案组了!"

"什么?"

罗卫东什么也没有说。

格桑旺堆当然不晓得,老魏已经被打倒了。罗卫东出去搬来两把椅子摆上,然后,两个一脸严肃的公安就进来了。两个人坐下来,一个人打开本子,拧开笔帽,说:"可以了。"

另一个便架起了二郎腿:"你叫什么名字?"

"我是机村大队的大队……"

"问你叫什么名字!"

"格桑旺堆。"国家的工作干部,对他这样的人,从来都是客客气气的,但这两个人却不是这样,想必是他们不晓得自己的身份,"我是机村大队……"

"这个我们知道! 问你什么回答什么!"

"你生的什么病?"

"中邪。"

"胡说,是癫痫! 你不是大队长,不是共产党员吗? 怎么相信封建迷信?"

"我……"

"昨天,你碰到什么事情了吗?"

"昨天？对了，昨天，肯定有什么地方的森林着火了，机村都能看见火光，还有很大的烟。"

"还有呢？"

"还有就是我中……不对不对，我生你们说的那个病了。"

"癫痫！还有呢？"

"还有，还有，没有了。"

"有！"

"我不敢说？"

公安脸上立即显出了捕获到重大成果的喜悦，那个人向他俯下身子，语调也变得亲切柔和："说吧，没关系，说出来。"

一直闷闷不语的罗卫东也面露喜色："你说吧，叔叔。"

格桑旺堆伸伸脖子，咽下了一大口唾沫："你们又要批评我，说我信封建迷信。我不该信封建迷信。"

"说吧，这次不批评。"

"我看见了一个游魂。"

"谁的游魂。"

"巫师多吉。"

"为什么你说是游魂？"

"他一晃眼就不在了，而且只有我这个病人看见。病人的阳

49

气不旺,所以看得见,他们年轻人身体好,阳气旺,所以就看不见。"

"真的是多吉?"

"是我们村的多吉。请你告诉我,公安同志,你们是不是把他枪毙了?"

公安没有回答他的话,而是叫护士拔掉了输液管,说:"只好委屈你一下,跟我们到你看见他的地方走一趟! 说说情况,回来再治病吧。我们保证把你的病治好。"

"可是他的病?"进了逃犯缉捕专案组的侄子还有些担心叔叔的身体。

"走资派都能推翻,这点小病治不好?"

格桑旺堆差不多从床上一跃而起:"走,我跟你们去!"

两个严肃的公安都忍不住笑了起来。

吉普车顺着昨天晚上的来路摇摇晃晃地开去了。格桑旺堆一想起多吉,又变得忧心忡忡了:"同志,多吉是不是死了?"

对方没有回答。

他又问:"你们把他,毙了?"

"你说呢?"

"他有罪,搞封建迷信,但他搞封建迷信是为集体好。"

这个公安是一个容易上火的人，这不，一句话不对，他的火腾一下就上来了："你这是什么话！你还像一个共产党员吗？替纵火犯说话！告诉你，他跑了。要是真把他毙了，他还能跑吗？才判了他六年，他还跑，这样的人不该枪毙吗？"

被训得这么厉害，格桑旺堆一点都没有生气，他倚靠在软软的座椅上，长出了一口气，说："该杀，该杀。"

他使了一个小小的计谋，喊停车的地方，并不是在昨晚看到多吉的那个地方。但跟昨晚那地方非常相似，也是一块草地，一面临近奔流的溪水，三面环绕着高大挺拔的栎树与桦树的混生林地。

吉普车轰鸣着，闯过清浅溪流，开上了那片林间草地。

一回到山野，格桑旺堆身上便充满了活力。他眼前又出现了多吉和他忠诚的毛驴站在草地中央，站在月光下的情景。原来，那不是鬼魂，他从监狱里逃回机村来了。他站在草地中央，跺跺脚，十分肯定地说："我看见他就站在这里！"

但是，这松软的草地上，除了倒伏下去的去年枯草，和从枯草下冒出头的今年的青草芽，没有任何人践踏过的痕迹。

两个公安四周转了转，没有看到任何可疑的形迹。

格桑旺堆看着他们困惑不解的眼光，用脚使劲跺跺草地，草地随之陷下去一点。但当他抬起脚来，草地就慢慢反弹回来，恢复成原来的样子。

公安自己也用力踩了踩，草地照样陷下去，又反弹回来。

他们又坐上吉普车，车子朝着来路开去。这时，迎面便是那片巨大深厚的黑云耸立在面前的天幕上。格桑旺堆说："这么大的烟，该要多大的火啊！"

专案组的人都不说话。

"要烧燃了真正的森林才会有这么大的火。"

他们还是不说话。

格桑旺堆也想住嘴，但就是管不住自己的嘴巴："我们烧荒也会有好大的烟，但风一吹，就什么都没有了。"他其实想说，多吉没死，我太高兴了，多吉悄悄回来了，让我看见，我太高兴了。

但他只是说："我们烧荒都是冬天刚到的时候，这个季节，把一片片森林隔开的冰雪化了，烧起来就止不住了。所以，我们只在冬天烧荒。"

"你的话也太多了。国家的森林烧了你很高兴吗？"

这句话把格桑旺堆问住了，他惭愧地低下头。只要烧的是森林，不管它是不是国家的，他都不会高兴。森林一烧，百兽与众禽都失了家园，欢舞的火神用它宽大的火焰大氅轻轻一卷，一个兴旺的村庄就会消失不见，大火过后，泉眼会干涸，大风会没遮没拦，使所有的日子尘沙蔽天。

"有没有人去扑灭那大火?"格桑旺堆还想起来,离开公社的时候,看到很多人聚集在小学校的操场上开会,听人在高音喇叭里讲话,于是他又问,"那么开会的人,他们没有看到大火燃起来了吗?"

"那是国家的事情,国家的事情要你来操心?"

"你们呢? 你们也没有看见?"

"我们的任务是抓那个逃犯。"他们的脸又沉了下来。

格桑旺堆不想再说什么了。

多吉不就是放了一把只有好处没有坏处的火吗? 他们都这样不依不饶,为什么对正熊熊燃烧的大火却视而不见?

他打了一个冷战,好像看到令人不寒而栗的结局清清楚楚地摆在了他的面前。他好像看到了机村遭受覆灭的命运。无论如何他也不肯随车回去治病了。他要回到村里,做好迎接大火的准备。他是这个村的大队长,如果这个劫难一定要来的话,那他就要和全村的人共渡难关。

公安把车停下,说:"这会儿看你,又像个有觉悟的共产党员了。"

强劲的风从东边的河口吹来,风中带着浓重的烟火味道。黑色的云头再次高涨。早先黯淡下去的红光,这时又抽动着,升上了天边。

格桑旺堆说:"天哪,灾祸降临了。"

说完,转身便往回机村的路上去了。

他不想回头,但不回头也知道,背后,黑烟要遮蔽天空,火焰在狞笑着升腾,现在,连周围的空气都在为远处火焰的升腾与抽动在轻轻颤抖了。

他猛走一阵,毕竟是刚刚走下病床,那股气一过去,他的腿又软了下来。这个人,一有病苦,就自怨自艾。这不,他刚一想到双腿发软是因为刚刚离开病床,便叹息一声,一屁股跌坐在地上了。

后来,他想这是天意。

溪流对面,正是昨天夜里多吉与他的驴出现的那片草地。一个好猎人,熟悉山野里每一个地方。山野里有很多相像的草地,只有这一块,靠着溪流有一眼温泉。因为温泉常常淹在溪水下面,很少有人知道。但林子里的鹿都知道这个地方,它们受了伤,就会来到这里,它们知道温泉里的硫磺会杀死细菌,治好伤口。

格桑旺堆笑了,看来,多吉这个家伙也知道这个地方。那么,他也受伤了,不然,他从监狱里逃出来,干吗不先回村里,却到了这个地方?想到多吉一个人回到自己的村子,只有一头驴跑去接他,格桑旺堆的泪水就流下来了。

他大喊了一声："多吉!"

对面的山岩响起了回声。

他又站起身来用更大的声音,大喊了一声："多吉。"

那片草地依然空荡荡的,没有多吉,也没有他那头忠诚的毛驴出现。

现在,他的双腿又有了力量,他站起身来,又喊了一声："多吉,机村让你遭难了!"

喊完这一嗓子,他就转身急急地往机村去了。他痛痛快快地流着眼泪,痛痛快快地念叨:"多吉,我该在这里等你,但你看到了,机村要遭大灾了,我得回去了,我得和乡亲们在一起,机村只好对不起你了!我昨天晚上看到你,以为你死了,以为是你的游魂回来了,但你没有死,你是好样的,你一定要活下去啊!"

多吉确实没有死,他就躺在林子里的一个山洞里。

他跳入湍急的河水后,就什么都不知道了。恢复知觉时,发现自己躺在一个宽广的沙滩上。他跳下去的那个地方,河水很深,才没有伤了性命。但随着河水一路冲下去,身上撞出了许多伤口。他忍着痛苦,在锋利的岩石上弄断了绳子,这才发现,一只手臂断了。解开绳子时发出椎心的痛楚。但是,除非死去,他就得忍住。

他忍住了，所以，他活下来。感谢这河水。他站起身来，发现河水居然把他冲到了跟机村流出的溪流交汇点上。他挣扎着顺着溪流往村子方向走。路上，公安的车拉着警报来去好几次。但他在树林里，十分安全。因为林子太大了，所以，那些人只能在窄窄的一条公路上来来去去。以这样的方式，他们永远都不可能找到他。

当他躺在林子中间松软的落叶上休息的时候，看见了天空中升起滚滚的浓烟。他想，难道县城里那些翻卷不已、火焰一样炽烈的旗帜像真的烈火一样冒出浓烟了吗？

风带着呛人的烟火味吹过来，树林摇晃起来。树林的摇晃都带着深深的不安。这气味让他确切地知道，是什么地方的森林失火了。

他甚至为自己颇带幽默感的联想感到自责了。那些人吃饱了饭，不干正事，要中了邪魔一样去摇晃那些旗帜，那是他们自己的事情。这些森林，已经在这片土地上存在了千年万年，失去这些森林，群山中众多的村庄就失去了依凭。好在这天太阳很好，身上的衣服很快就干了。但他的身子依然没有停止颤抖。这是因为冷，更因为饿的缘故。但他没有吃的东西。他用锋利的石片在桦树上砍出一道口子，含糖的树汁就慢慢渗了出来。每年春天，大地一解

56

冻,树木就拼命地从地下吸取水分与营养,然后才能展叶开花并结出种子。在这众多的树木中,唯有桦树的汁水富含糖分。但是,今年天旱,树干里的汁液也没有平常的年份那么丰富。但这没有什么关系,他只要多在两三棵树上弄出些口子来就可以了。

喝饱了桦树汁,身子暖和过来,他又弄下一圈坚韧的柳树皮,把自己的断臂包裹起来。然后,在阳光下迷迷糊糊地睡了一觉。太阳落山后,他就往村子的方向前进了。天黑下来,他干脆走到了大路上。

刚开始走动,伤口扯得十分疼痛。但他必须趁夜走回村子里去,趁夜去取回一些必需的东西。快走不动时,他想,要是毛驴在身边该有多好啊。就这样一想,前面就传来了毛驴嘚嘚的蹄声。他觉得可能是自己意识不清了。经过了这么些乱七八糟难于理喻的事情,一个人没有疯掉,已经非常不错,听到点稀奇古怪的声音又有什么值得奇怪的呢?

和格桑旺堆相反,多吉是一个乐观主义者。

但这世事十分奇怪,上面那些人,相信自己无所不能,所以应该喜欢他这样的乐观主义者,但是,他们偏不。他们把未来看得十分美好,而把当下看得万分险恶,所以,他们喜欢那些喜欢怨天尤人的家伙。

蹄声嘚嘚地由远而近，最后，毛驴真的站在了他的面前！

多吉感动得像一个老太婆一样絮叨着："是你吗？真是你来接我了吗？我的好孩子，我的好朋友。"

毛驴掀动着鼻翼，喷出温暖的气息，嗅他的脸，嗅他的手，嗅他的脚。他把手插在毛驴脑门上那一撮鬃毛里，感到了它脑门下面突突跳动的血管。然后，他跨上了驴背。不用说话，毛驴就转过身子，往村子的方向去了。他稍稍安下了心，人立即就昏昏沉沉了。

毛驴停下脚步的时候，他清醒过来，听到了由远及近的脚步声。刚刚避到对岸的草地上，还没有进入树林，那些人就到了。稀薄的月光下，凭着朦胧的身影，他就看出了是自己村里的乡亲。他听见了格桑旺堆虚弱的声音。担架停下来时，他和毛驴遁入了树林。

他嗅到了温泉上硫磺的味道。这真是治伤的好地方。但他现在不能停留。他催着毛驴，回到沉睡的村子，摸回自己家里，取了一件皮袄，一些吃食，草药和刀具。然后，回到那片草地。他嘱咐毛驴白天要在林中，不能在草地上现身，然后，自己先在温泉里洗净了伤口，回到山洞，燃了一小堆火，吃了东西，就沉沉地睡去了。

听见叫喊声醒来的时候，他一下握紧了手中的刀子。

要是有人要抓他回去，像昨天一样折腾自己，那他一定要拼个你死我活。他很快就听清楚了,那是格桑旺堆在叫他。但他没有出来回答。然后,他动都没动一下,不知为什么,他相信,这个人和别的村干部不大一样,不会跑来加害于他。

他并不知道,格桑旺堆把公安引到一个错误的方向上,暗中保护了他。

他只是翻了一个身,又沉沉地睡过去了。

7.

第三天,远处的大火已经烧得更厉害了。

大火起来的时候,必有大风跟着起来,与火场还隔着好几座山头的机村也感到风越来越大。风还吹来了树木与草被烧焦的碎屑。这些黑色的,带着焦煳味的碎屑先还是稀稀拉拉的,到下午的时候,就像雪片一样,从天空中降落下来了。

这些碎屑有一个俗名:火老鸹。

火老鸹飞在天上,满天都是不祥的乌黑,逼得人不能顺畅地呼吸。火老鸹还有一个厉害之处。这些被风漫卷上天空的余烬中,总有未燃尽的火星,这些火星大多都在随风飞舞的过程中慢慢燃尽,然后熄灭。但总有未燃尽的火星会找到机会落入干燥的树林,总会有落入树林的火星恰好落在易燃的枯叶与苔藓上，也总会有合适的风吹起，扇动火星把枯叶与苔藓引燃。

所以，在当地老百姓的经验中，当一场森林大火搅动空气，引起了大风，大风又把火老鸹吹向四面八方时，这场森林大火就已经失控了。接下来，要烧掉多少森林，多少村庄，那就只能听天由命，由着大火自己的性子了。

机村和许多群山环抱的村庄一样，非常容易被火老鸹引燃。

干冷的风吹了一个冬天，村庄的空气里已经闻不到一点点水的滋润味道，接踵而来的这个春天，也没有带来滋润的空气与雨水。灼人的阳光直射在屋顶的木瓦上，好像马上就要冒出青烟了，这时，要是有一点未熄的火星溅落其上，马上就会腾起欢快的火苗。更不要说，村子中央的几株巨大的柏树和杉树枝杈上，还挂着许多风干的青草。这个冬天雪下得少，牛羊天天都可以上山，所以，剩下许多的饲草。那正是四处飞舞的火老鸹非常喜欢的落脚之地。

格桑旺堆赶回村子，看到果然没有人采取任何防范措施。

孩子们聚在村口，看远处天际不断腾起的火焰。

而大人们都聚集在村子中央的广场上开会。

现在，机村人遇到什么事情，没有工作组也会自己聚起来开会了。格桑旺堆想,这么大的危险逼近的时候,大家开开会,商量商量也是应该的。但他没有想到,大会根本没有讨论他以为会讨论的内容。

民兵排长索波见大队长回来了,才不情愿地从权充讲台的木头墩子上下来:"大队长你来讲吧,公社来了电话,两个内容:第一,多吉这个反革命纵火犯脱逃了,全村的任何一个人,只要发现他回来,立即向上面报告! 第二,"索波把手指向正从河口那边燃过来的大火,"大家都看见了,国家的森林正在遭受损失,上面命令我们立即组织一支救火队,赶到公社集中,奔赴火场!"

有人看不惯这个野心勃勃的家伙:"你不是让大队长讲吗?自己怎么还不住口呢?"

"多吉是为了机村犯的事,我们怎么可以把他又交给公安!"

这些话,索波根本就充耳不闻。他说:"大队长,扑火队由我带队,机村的年轻人都去,多吉就交给你了,一定不能让他跑掉!"

格桑旺堆皱了皱眉头,脸上却不是平常大家所熟悉的那种忧心忡忡的表情。他伸手在空中抓了一把,真的就扑到一只火老鸹。他把手掌摊开在索波面前,那是一小片树叶的灰烬,然后,他提高了嗓门:"乡亲们,这个,才是眼下我们最要操心的!"

下面立即有很多人附和。

"现在,男人们立即上房,把所有的木瓦揭掉,女人们,把村子里所有的干草都运出村外!树下的草,还有羊圈猪圈里的干草,都要起出来,运出村外!"

人们闻声而动,但索波却大声喊道:"民兵一个都不准走!"

好些年轻人站住了,脸上的表情却是左右为难。

索波又喊:"央金,你们这些共青团员不听上级的指挥吗?"

索波的父亲上来,扇了他一个耳光,人群里有人叫好,但他的第二个耳光下来的时候,老人的手被他儿子紧紧攥住了。索波一字一顿地说:"你这个落后分子,再打,我叫民兵把你绑起来!"

他父亲被惊呆了,当他儿子去集合自己队伍的时候,还哆嗦着嘴唇说不出话来。他知道,自己在这个村子里,不会再有做一个男人的脸面了。

民兵队伍,还有共青团的队伍集合起来,但老人们一叫,又有些年轻人脱离了队伍。

索波语含威胁:"你们落后了,堕落了!"

他又冲到格桑旺堆面前:"你要犯大错误了!"

格桑旺堆也梗着脖子喊:"你就不怕大火烧到这里来吗?"

索波冷笑:"火在大河对岸烧!你见过会蹚过大河的火吗?谁见过火蹚过大河?"

格桑旺堆有些理屈，又现出平常那种老好人相。

张洛桑却接口说："我见过。"

"你这个懒汉，我问你了吗？"机村有两个单身男人，一个是巫师多吉，一个是张洛桑。巫师是因为他的职业，而张洛桑是因为，懒。一个人吃饭，不用天天下地劳动。

张洛桑淡淡一笑，懒洋洋地说："你又没有说懒人不准答你的话。"

索波惹得起大队长，却惹不起这样的人。

还是激动得脸孔发红，发际沁汗的胖姑娘央金过来喊："排长，队伍集合好了！"

索波趁机下台，带着他的队伍往村外去了。走到村外的公路上，他们唱起了歌，歌声却零零落落。但他们还是零零落落地唱着歌，奔烧得越来越烈的火场去了。

格桑旺堆看着年轻人远去，寻常那种犹疑不决的神情又回到脸上。

张洛桑走上前来，说："老伙计，干得对，干得好！"

"那大家快点干吧！"

机村的中央，小树不算，撑开巨大树冠，能够遮风挡雨的大树共有五棵。两棵古柏，三棵云杉。几棵大树下干燥的空地上，就成了村子里堆放干草的地方。妇女们扑向这些干草堆的时候，绕树盘旋的红嘴鸦群聒噪不已。远处的火势越来越烈，还隔着几道山梁呢，腾腾的火焰就使这里的空气也抽动起来，让人觉得有些喘不过气来。妇女们抱着成捆的干草往麦苗长得奄奄一息的庄稼地里奔跑，那些受到惊吓的红嘴鸦群就跟随着飞过去，女人们奔回树下，鸦群又哇哇地叫着跟着飞回来。

男人们都上了房，木瓦被一片片揭开，干透了的木瓦轻飘飘地飞舞而下。露出了下面平整的泥顶。机村这些寨子用木瓦盖出一个倾斜的顶，完全是为了美观，下面平整的泥顶才具有屋顶所需的防水防寒的功能。人们还在房子的泥顶上洒了很多水，摆上装满水的瓷盆、木桶和泥瓮。

忙完这一切，格桑旺堆直起腰，脸上露出了满意的笑容。这时，黄昏已经降临了。但这个黄昏，蓝色的暮霭并没有如期而至。那淡蓝的暮色，是淡淡炊烟，是心事一般弥望无际的山岚。这个黄昏，人们浮动在暮色之中的脸和远处的雪山都被火光映得通红。平常早该憩息在村中大树上的红嘴鸦群一直在天空聒噪，盘旋。格桑旺堆吩咐每一户都要在楼顶上安置一个守夜的人，如果发现飞舞的火老鸹让什么地方起火，就赶紧通告。

这天晚上，机村的每个人家，都把好多年不用的牛角号找出来了。

　解放前,山里常有劫匪来袭,报警的牛角号常常吹响。解放后,这东西已经十多年没有用场了。人们把牛角号找出来,站在各自的房顶上呜呜哇哇试吹了一气。

　格桑旺堆站在广场中央,刚当上村干部时的自豪感又回来了。这感觉使他激动得双手都有些微微发颤。可惜,那种自豪感在他身上只存在了最初三五年,接下来,他就不行了,老是跟不上形势的发展。形势,形势。他现在都怕听到这个字眼了。让人想不明白的是,地里的庄稼还是那样播种,四季还是那样冬去春来,人还是那样生老病死,为什么会有一个看不见摸不着的形势像一个脾气急躁的人心急火燎地往前赶。你跟不上形势了,你跟不上形势了! 这个总是急急赶路的形势把所有人都弄得疲惫不堪。形势让人的老经验都不管用了。

　老经验说,一亩地长不出一万斤麦子,但形势说可以。

　老经验说,牧场被杂生灌木荒芜了,就要放火烧掉,但形势说那是破坏。

　老经验说,一辈辈人之间要尊卑有序,但形势鼓励年轻人无法无天,造反! 造反!

　但是,现在,格桑旺堆看着天际高涨着呼呼抽动的火焰,看着刚摊开手掌就飘落其上的火老鸹,看着那些森林被焚烧时,火焰与风喷吐到天空的黑色灰烬,他非常满意于自己采取的这一切措施。

忙活了整整一天,格桑旺堆这才想起已经潜逃回来的多吉。多吉那所空了许久的房子静悄悄趴在村边。院子的栅栏门已经倒下了。地上隐隐有些开败的苹果花瓣。格桑旺堆一伸手,沉重的木门咿呀一声应手而开。一方暗红的光芒也跟着投射进来。

格桑旺堆差点要叫主人一声,但马上意识到主人不在家里已经很久了,伸手在柱头上摸到开关,电灯便亮了。

他轻轻在屋子里走动,立即就看到了地上浮尘中那双隐约的脚印。他在心里得意地说:"老伙计,你不晓得我有一双猎人的好眼睛?"

那串脚印上了楼,他笑笑,跟着上楼,看到火塘旁边的一只柜子被人打开过,盐罐被挪动了位置,他还看到,墙上挂刀的地方,空出了一块,这个人还拿走了床上的一块熊皮,一套打火的工具。

格桑旺堆放下心来了,一个机村的男人,有了这些东西,在山林里待多长时间都没有问题。

他又回家拿了一大块猪油、一口袋麦面,还有一小壶酒,如果多吉真的有伤,这酒就有大用场了。山里有的是七叶一枝蒿,挖一块根起来,和酒搽了,什么样的跌打瘀伤,都可以慢慢化开。他拿着这些东西,往村外走去。走出一段,他又折了回来。

回头的路上,被火光映红的月亮升起来,他把手背在背后,在暗红的月光下慢慢行走。在这本该清凉如水的夜晚,他的脸颊已经能感到那火光辐射的热度了。他想,灾难降临了。他想,在这场灾难中他要把机村保全下来。在这个夜晚,他像一个上面下来的干部一样,背着手庄重地走在回村的路上。

四周的一切,都是那么不安。树林里的鸟不时惊飞起来,毫无目的在天空盘旋一阵,又落回到巢里。一些动物不安地在林子里跑出来,在暗红的月光里呆头呆脑地看上一阵,又窜回到林子里。连平常称雄于山林,总是大摇大摆的动物,都像乱了方寸。狼在月明之夜,总是久久蹲立在山梁上,对着空旷的群山歌唱般嗥叫。但今天晚上,狼却像饿慌了的狗一样,掀动着鼻梁,摇晃着尾巴,在空旷的大路上奔走。熊也很郁闷,不断用厚实的手掌拍打着胸腔。

溪流也发出了很大的声音,因为大火使温度升高,雪山上的融雪水下来,使溪水陡涨。大火越烧越大,一点也看不出来,开去打火的人,做了点什么。火烧到这样一种程度,恐怕人也很难做出什么了。大火,又爬上了一道新的山梁。

格桑旺堆就在这时发下誓愿:只要能保住机村,自己就是献出生命也在所不惜。发完这个愿,他的心就安定下来了。他还对自己笑了笑，说："谁让你是机村最大的干部呢？"

他已经忘记，因为老是跟不上形势，他这个大队长的地位，正受着年轻人的巨大挑战。再说，他要是死了，他们也就用不着跟一个死人挑战了。

他还是放心不下多吉。回到村子，他敲开了江村贡布喇嘛家的门。

他外甥恩波起来开的门，格桑旺堆只是简短地说："请喇嘛下来说话。"

江村贡布下来了，格桑旺堆开门见山："我要请你去干一件事。"

"请讲。"

"多吉回来了。"

江村贡布眼睛亮了一下，没有说话。

"他是逃跑回来的，公安正在到处抓他。他恐怕受伤了，我要你去看看他。"

江村贡布说："喇嘛看病是封建迷信，我不敢。"

格桑旺堆说："你是怨恨我带人斗争了你。"

江村贡布眼睛又亮了一亮，还是没有说话。

"那你就怨恨我吧。但多吉一个人藏在山里，我放心不下，我不敢叫赤脚医生去,我信不过这些年轻人,只好来求你了。"然后,他自己笑了起来,"你看,我斗你因为我是机村的大队长,求你也因为我是机村的大队长。"

江村贡布转身消失在黑暗的门洞里,格桑旺堆等了一会儿,这位还俗的前喇嘛又下来了。他加了一件衣服,还戴了一顶三耳帽,肩上还多了一副小小的褡裢。

两人默默地走到村口,江村贡布停下脚步,说:"该告诉我病人在哪里了吧?"

格桑旺堆说:"答应我你什么人都不告诉,连你家里的人。"

江村贡布点点头。

格桑旺堆把自己备下的东西也拿出来,交给江村贡布,告诉了他地方,说:"去吧,要是有人发现,你就把责任推到我的头上,正好泄泄你心里对我的邪火。"

江村贡布郑重地说:"你肯让我做这样的事,我已经不恨你了。"说完,转过身就上路,他的身影很快就消失在夜色中了。

这天晚上,格桑旺堆睡得很沉。

快天亮的时候,他做了一个梦。在这个梦中,他有两个角色。开初,他是猎人,端着猎枪,披着防水的粗牛毛毯,蹲在一个山口上,他在等待那头熊的出现。他已经有好几次梦到这头熊了。因为，这是他猎人生涯中，唯一一头从他枪口下逃生的熊，而且，这头熊已经连续三次从他的枪口下逃脱了。现在，他在梦中，蹲伏在树下，绑腿扎得紧绷绷的，使他更觉得这双腿随时可以帮他在需要的时候一跃而起。接着，那头熊出现了，这次，它不躲不闪径直走到他跟前，像人一样站起来，郁闷而烦躁地拍着胸膛说："伙计，大火把空气烧焦了，我喘不过气来，你就给我一枪吧。"

格桑旺堆说："那我不是便宜了你吗？我想看着你被大火追得满山跑。"

大熊就说："那就火劫过后再见吧。"

格桑旺堆来不及回答，就在梦中变成了另外的一个角色。准确地说，是在梦中变回了他大队长的身份。梦中的大队长焦急万分，因为他看到村里那帮无法无天的年轻人身陷在火海当中了。索波、央金，还有好些村子里的年轻人，他们脸上狂热的表情被绝望和惊恐代替了。他们的周围，是一些高大的树木，火焰扑过来，那些树从下往上，轰然一声，就燃成了一支支烛天的火炬。焦急万分的他要扑过去救他们。但是，一棵满含松脂的树像一枚炸弹一样砰然一声，炸开了。一团火球迎面滚来，把他抛到了天上。

他大叫一声，醒了过来。先是听到床垫下的干草絮语一般索索作响，然后感到额头上的冷汗正涔涔而下。他睁开眼睛，看到射

70

进窗户里的阳光像是一面巨大的红色旗帜在风中抖动！

8.

一夜之间，大火就越过了大河，从东岸烧到了西岸！

大河从百多公里外的草原上奔流下来，本是东西流向的。到了机村附近，被大山逼着转出了一个巨大的弯。河水先北上一段，再折而向南，又变回东西流向。

大火，就起在这个巨大的弯弓似的转折上。

河的南岸就是那个半岛，半岛顶端森林茂密。半岛的后半部靠近县城。县城周遭的群山经过森林工业局一万多人十多年不休不止地砍伐，只剩下大片裸露的岩石，和泥石流在巨大的山体上犁出的宽大沟槽了。所以，大火起来的时候，忙于史无前例的伟大斗争的人们并没有十分在意。反正有弯曲的大河划出了疆界，那大火也烧不到哪儿去。烧过的树林，将来砍伐，连清理场地的工夫都可以省去了。但是，森林毕竟是国家财产，谁又能不做做抢救的样子？

这个时代，把人组织成整齐队伍的效率总是很高。很快，一队队整齐的队伍就唱着歌，或者乘车，或者步行，奔失火的地点去了。

而且,这些队伍还不断高呼着口号。但没有一句口号是有关保护森林的,那样就没有政治高度了。

口号是:

"捍卫无产阶级文化大革命!"

"捍卫无产阶级司令部!"

但这上万人的救火大军并没有开进森林,而是一卡车一卡车拉到森林没有失火的大河这一边,沿着公路一线展开,眺望对岸的大火,并且开会。

这场山火起因不明,一个干旱的春天,任何一点闪失都可以使山林燃烧起来。

但所有的会议都预先定下调子:阶级敌人破坏! 人为放火!

所有会议都只有一个目的,把这个暗藏的阶级敌人揪出来。据说,有三个人因为具有重大嫌疑被抓起来,押回县里,投进了监牢。一个,混在红卫兵队伍里,却没有一个人认识他,他自己声称是从省城大学里来的造反派,来这里是为了传授造反经验,但没有人相信他,而被断定是空投下来的台湾特务。那些年头,确实有降落伞,或者大气球不时从天上落下,但是,除了一些传单、收音机,甚至糖果随之落下,从来没有见过有人跟着掉下来。这些东西,也确实是从台湾升上天空,一路顺风飞行,飞到这里,风遇到高大的雪山，无力翻越，降下山谷，这些东西也就跟着降落下来了。

还有一个，好多人都知道是个疯子。这个养路工人，老婆跟一个卡车司机私奔，他的脑子就出问题了。他是一个打过仗的转业军人。时时都有想干一番惊天动地大事的想法。一部卡车翻了，他会声称，是他推到河里去的。一段泥石流下来，掩埋了公路，他会声称，是他把山最后一点可以支撑这些累累泥石的筋脉挖断，才导致这样的结果。公路一阻断，卡车堵到好几公里长。他会对着这长蛇阵呵呵大笑。会还没开，看到上千人聚集在平常没有几个人的道班来，帐篷把所有空地都占满了。他又乐得哈哈大笑，宣称是自己放了这把火。全道班的人都来证明他是一个疯子，但没有用，疯子还是被一绳子绑了，让几个戴红袖章的人押走了。

更没有人想到，公社林业派出所的老魏也在这三名纵火嫌疑犯之列。这个指控是他手下造反的警察提出来的。他的纵火嫌疑是推论出来的。第一，他数次对机村的纵火犯多吉的罪行进行包庇与开脱，这是前科。而近因是他对无产阶级文化大革命有严重抵触情绪，对运动中失去了所长职务心怀不满。

起初，老魏坚决不承认这个指控。但是，当他要被带走时，他提出如果让他留在火场，他就承认这个罪名。他说："我懂得这些山林的脾气，又常跟当地老百姓打交道，也许能对你们有什么用处,来减轻我的罪过。"

这样,他才在火场留了下来。

这时,大火距离他们只有两三座小小的山头了。灼热的气流一股股迸射过来,所到之处,人掩面而走,阔叶树上刚刚冒出的一点新芽立即就萎缩成一个乌焦的小黑点,参天的老松树干上凝结的松脂嗞嗞融化。看到这情景,留下来的老魏提出建议:"看见了吧,对面坡上,那些老松要赶紧派人砍掉!"

"故弄玄虚,山里这么多树,为什么只砍那些松树?"

老魏指指身边这些嗞嗞冒油的松树:"就为这个。"他要来一把斧子,对准一个突起的树瘤,狠狠地砍了下去。融化的松脂立即涌了出来。老魏说:"这样的松脂包就是一个炸弹。"

但没有人听他的。

他又提出了下一个建议:"请你们把那个多吉找出来。"

"那个反革命畏罪自杀了!"

"我想他没有死,只要给他平反,宣布无罪他就会从山林里走出来!"

"让他出来干什么?"

"虽然我们有这么多人,只有他最知道山风的方向。"

"山风的方向?"

"就像毛主席指引运动的方向，火的方向是由山风指引的。"为了这句话，老魏挨了造反派两个重重的耳光。

河对岸的大火轰轰烈烈。河这边紧锣密鼓地准备召开一个誓师大会。河边排开了百来个新扎的木筏，只等誓师大会一完，人们就要乘着木筏冲过河去，迎战大火。山坡上很快挖出了一个巨大的土台，土台前面竖起的柱子不为支撑什么，而是为了张贴大红标语。标语一左一右，十六个大字："与天奋斗，其乐无穷！与地奋斗，其乐无穷！"

土台旁边，几辆并排的卡车顶上，高音喇叭播放着激昂的歌曲。这时，大火越过最后几个小山头，扑向了河岸边的山坡。大火从小山背后起来之前，曾经小小地沉寂了一下，浪头一般的耸动翻卷的火焰沉入到山谷里看不见了，空气被火焰抽动的声音也好像消失了，灼人的热度也降低了一些。但这种寂静只维持了很短一段时间，然后，轰然一声，火焰陡然从小山背后升了上来，高音喇叭里的歌声消失了，应和着火焰抽动的节奏发出刺耳的嗞啦声。火焰升上去，升上去，升上去，一直升到火焰的根子就快要离开树梢了。火焰要是再这样继续上升，那就飘在天上成为霞光，慢慢消散了。人们都屏息静气，看着烈焰升腾，那毁灭的力量里包含的宏大美感很容易跟这个动乱时代人们狂躁的内心取得共振。人们禁不住为那狂欢一般的升腾发出了欢呼！

上升的火焰把低地上的空气都抽空了，缺氧的轻度窒息反而增加了肉体的快感。人们先是伸长脖子，然后踮起脚尖，也要一起往上，往上，在一种如痴如醉的氛围中，脸上的表情如梦如幻。

但是，正像这个时代的许多场景一样，这种欢腾不能永远都是轻盈的飞升。火焰自身所带的沉重质量就使它不能永远向上，它就像一道排空的巨浪在升高到某个极限时崩溃了。一股气流横压过来，滚烫，而且带着沉沉的重量，把踮脚引颈的人群压倒在地上了。

空气更加剧烈地抽动，嚯嚯作响。

火焰的巨浪崩溃了！落在河岸边大片依山而上的树林上。那些树不是一棵一棵依次燃起来了，而是好几百棵巨大的树冠同时燃成耀眼的火球。然后，才向森林的下部和四周疯狂扩展！

大火烧得那么欢势，狭长谷地里的空气迅速被抽空，以至于大火本身也被自己窒息了。火焰猛然一下，小了下去，现出火舌舔噬之后的树木。那些树木的顶部都被烧得焦黑，树木下部的枝叶，却被烈焰灼烤出了更鲜明的青绿。大火小下去，小下去，好像马上就要熄灭了。被热浪击倒在地的人们慢慢缓过气来，但随着新鲜空气的流入，火焰又轰然一声，从某一棵树上猛然炸开，眨眼间，众多树木之上又升腾起一片明焰的火海！不要说树林，就是空气，也热得像要马上爆炸开来了！

人们都像被谁扼住了喉咙一样喘不过气来了，再次被强大的气浪压倒在地上。

有人勇敢地站起来，要像战争电影里那些英雄一样振臂一呼，但那手最后却没有能举向空中，而是捂向自己的胸膛倒在了地上。

人群顺着公路，往峡谷两头溃散去。直到空气不被大火吸走的地方才停下脚步。这时，大火已经从树冠上端烧到河边。大火又把自己窒息了一次。再燃起来的时候，已经没有茂盛的树冠供它疯狂舞蹈了。于是，火龙从空中转到了地面。一棵又一棵的千年老树从下而上，燃成一支支巨大的火炬。大火的推进变慢了一些，显得更从容不迫，更加势在必得。一棵又一棵的树自下而上燃烧，大部分的树烧光了枝叶，就熄灭了。树干饱含松脂的松树枝叶烧光后，巨大的树干却燃烧得更加猛烈。

那些树干里面还像埋藏着火药一样，噼噼啪啪地不断有火球炸开。耀眼的火光每闪耀一次，都有熊熊燃烧着的木头碎屑带着哨声四处飞舞。间或有一次猛烈的爆炸，便是火球本身飞射出来。松树的爆炸越来越猛烈，有的火球竟然飞越过了三四十米宽的河面，引燃了河岸这边的山林。

最初的几个火点,被奋不顾身冲上去的人们扑灭了。但是,在那么稀薄的空气中,大多数人都躲在很远的地方,真正的勇士都倒下了,像一条条离开了水一样的鱼张大了嘴,拼命地呼吸。

老魏也躺在这些人中间,在这次喘息和下次喘息之间念叨:"我提醒过的。我提醒过的。"

人们这才记起,眼下这局面,他确实是提醒过的。

好几双手同时伸出来摇晃着他:"现在该怎么办?"

他无奈地摇摇头:"还能怎么办,不要管我,大家逃命吧。"

老魏被人架起来,大家一起逃到了安全的地方。

山谷里沉寂了片刻,燃烧的老松树再次猛烈爆炸,把一个巨大的、在飞行中一分为三的火球抛到了茂密的树林中。本已燃到尽头的大火又找到了新的空间,欢快地蔓延开来。

老魏被召到那台充当临时指挥部的救护车上,本来问罪于他的领导现在需要他的意见了。

老魏是打过仗的老兵,他说:"灭火不能打近身肉搏战。后撤吧。"

"后撤?那不是逃跑吗?"

"不是逃跑,你们也看到了,这么大的火人是近不了身的,后退,找合适的地形搞一个防御带,把大火的去路阻断。"

"后退到哪里？什么样的防御带？"问话者不再是气焰逼人的审问式的口气了。

躺在椅子上缓过气来的老魏坐直了身子，说："怪我说得不清楚，防御带的意思就是用人工把连绵的森林砍出一条空地，让火烧不过来。我晓得你们的意思是这需要多少人，需要砍多少树木，但只有这么一个办法，再说借一点地势，溪沟呀，湖水呀，山岩呀，草坪呀，耕地呀，这样，可以少费很多工夫。"

"可是，一条大河都阻不住……"

"防火带还要避开有这种松树的地方。"说着，说着，老魏又支持不住了，重新躺在了长椅上。

"这条防火带该在哪里？"

"这要满足两个条件，一个有地形可以依靠，再一个，靠距离赢得时间。"

"你干脆说个你认为合适的地方吧。"

"机村。"老魏又说，"还有，打防火带，要请林业局的工程师指导。"

"这些反动权威都打倒了。"

老魏苦笑："那就像我一样，戴罪立功吧。"老魏还想进一步提出要求，"要是让老书记也……"

"你想把所有被打倒的人都请回来,趁机复辟是吧?"

老魏只好闭嘴不说了。

医生来给老魏服了药,输上液,就在车上参加了指挥部部署几千人的扑火队伍如何开往机村的会议。

黄昏时分,第一支队伍开进了机村。

大火就在河的两岸继续猛烈燃烧。

9.

大火越过了河流这道天然屏障后,就烧到了机村东南面巨大的山峰背后。离火更近的机村反而看不到高涨的火焰了。大片的烟雾几乎遮住了东南面的全部天空,穿过烟尘的阳光十分稀薄,曙光一样的灰白中带一点黯淡的血红,大地上的万物笼罩其中,有种梦境般离奇而荒诞的质感。

空气也不再那么剧烈地抽动了,但风仍然把大火抛向天空的灰烬从天空中撒落下来,就像一场没有尽头的灰黑细雪。还不到两天时间,机村的房顶,地上,树上,都覆盖上了一层稀薄的积尘,更加重了世界与人生都不再真实的质感。

庄稼地里最后的一点湿气都蒸发殆尽,快速枯干的禾苗反倒

80

把最后一点绿意，都蒸发到了枯叶的表面，所以，田野反而显得更加青翠了。

格桑旺堆伸手去抚摸那些过分的青碧，刚一触手，干枯的禾苗就碎裂了。面对此情此景，格桑旺堆感到自己还笑了一笑。但他并没有因此责怪自己。中国很大，这个地方粮食绝收了，政府会把别的地方的粮食运来。他也只是因为一个农人的习惯，因为担心才到庄稼地里来行走。他担心村里出去的年轻人的安全，他特别不放心索波，这是个冒失而不知深浅的家伙，而他被鼓动起来的野心更会让他带着伙伴们不顾一切地冒险。十几年前，他也是索波一样的积极分子。那时，共产党刚刚使他脱去了农奴的身份。和索波一样，他最初当的也是民兵排长。然后是高级合作社社长，公社化后，就是生产大队的大队长了。共产党帮助他这样的下等人翻了身，造了土司头人的反。但索波这样的年轻人起来，却是共产党造共产党的反，这就是他所不明白的事情了。

他想，他们只是永远喜欢年轻人吗？想到这里，他竟然又笑了一下，这回是因为心里的迷茫与失落之感。

他明白，这样的情形下，索波们其实早就不需要他来操心了。

但他还是共产党培养的领头人，理所当然地要担心机村不能平安渡过这场劫难。

格桑旺堆自己都知道,他并不是一个聪明的人。但他总是能够让各种各样的人都来支持他。

　　关于机村的森林,他依靠的向来就是两个人。一个,公社派出所的老魏;一个,就是会辨别山间风向的巫师多吉。现在,老魏被人造了反,多吉逃出监狱藏在山里,再也不能抛头露面。他决定还是要去探望一下多吉。这样的时候,有一件事情可干,他的心里反而可以安定一些。

　　一路上,他不断因为口渴而停下来,趴在溪边大口地喝水。大火还没到,但空气却被烤灼得十分干燥了。当他跪在溪边潮湿松软的泥地上,高高地撅起屁股,把脸贴向清凉的水面,听见清水咕咕地流进喉咙,把一股清凉之气沁人肺腑时,却没来由地想象自己正从山林里出来,举起猎枪,瞄准了这头在溪流边上痛饮不休的熊。没想到,这样的时候,这些水酒一样让他产生醉意,恍然中,都不知道自己是一个猎人还是一头熊了。

　　这让他感到更多的不祥,他马上焦躁地起身上路,直到干燥的空气使他胸膛着火,逼迫他在溪流边再次俯下身来。同时,他灵敏的猎人耳朵也听得出来,就在四周的林子之中,许多动物不是为了觅食,也不是为了求偶,而仅仅是因为与人一样,或者比人更加强烈的不安,在四处奔窜。

动物们有着比人更加强烈的对于天灾的预感。

多吉洗了温泉，在伤口上用了药，躺在干燥的山洞里。见到大队长也不肯抬起身子，脸上还露出讥讽的笑容："看你忧心忡忡的样子，天要塌下来了吗?"

平常，他对多吉的这种表现心里也是不大舒服的，但今天，看见这个逃亡中的家伙，还能保持他一贯的倨傲，竟然感到喝下清凉溪水一样的畅然："我放心了，多吉啊，你还能像这个样子说话，我就放心了。"

多吉并不那么容易被感动："牧场上草长好了，肥的是人民公社的牛羊，那是你的功劳，罪过却是我的。你是怕我死了，没人替你做了好事再去顶罪吧。"

"你的功劳我知道，机村人全都知道，上面的领导老魏他们都知道。"

多吉猛地从地铺上坐起身来，但脸上倨傲的神情却消失了："老魏，老魏被打倒了! 我呢? 他们想枪毙我!"然后，他又沮丧地倒在铺草上，"我看你这个大队长也当不了几天了。"

"但我今天还是——人民政府任命的大队长!"

"咦，你这个家伙，平常都软拉巴叽的，这阵子倒硬气起来了!"

格桑旺堆的眼睛灼灼发光:"机村要遭大难了! 我要让机村躲过这场大难!"

"你是说山林里的大火吗? 你还没有见过更厉害的大火。县城里那么多人疯了一样舞着红旗,要是看到那样的大火,你就没有信心说这样的话了。"

"……"

多吉沉入回忆,脸上浮现出恐惧的神情,他喃喃地说:"山林的大火可以扑灭,人不去灭,天也要来灭,可人心里的火呢?"他摇摇头,突然烦躁起来,"你走,操心你自己的事情去吧,不要再来找我了。机村的多吉已经是一个死人了。"

格桑旺堆坚定地说:"我没有时间久待,但你要给我好好活着。为了机村的平安,我会来找你的。想死,还不容易吗? 只要机村平安渡过了这场劫难,我愿意跟你一起去坐牢,一起去死。"

然后,他头也不回走出了山洞,说到死,他心里一下变得一片冰凉,在这呼入胸腔的空气都像要燃起来的时候,这冰凉让他感到一种特别的快感。他这样不说声告别的话就走出山洞,是不想说出自己的预感。他最近才犯过一次病。每次犯病,他都会看到死神灰白的影子。这次,突然而起的大火使满天弥漫如血的红光,使他更加坚信死期将至的是那个梦境。那头熊蹲踞在梦境中央。那头熊是他多年的敌手。这样的敌手，是一个猎手终生的宿命。

和这头熊第一次交手，他就知道，自己遭遇猎人宿命般的敌手了。那一次交手，那头熊挣出了他设置的陷阱。正常情况下，逃出陷阱的野兽一定会慌忙地逃之夭夭。但这头熊没有。格桑旺堆从空洞的陷阱中捡起几根熊毛，打量着浸湿了泥巴的一点血迹时，听到了熊低沉的叫声。抬起头，他就看到了那头熊，端端正正地坐在头顶老桦树的树杈上。

格桑旺堆呆住了。

那头熊只要腾身一跃，就会把他压在沉重的身子底下，他连端枪的机会都没有。但那头熊只是不懊不恼地高坐在树上，小小的眼睛里射出的光芒，冰锥一样锋利而冰凉。这对猎人来讲，是一个更严重的挑衅。所以格桑旺堆不能逃走，他只能站在那里，等着熊泰山压顶般压下来。死于猎物之手，也是猎人善终的方式之一。

熊却只是伸出手掌，拍了拍厚实的胸膛，不慌不忙地从树上下来，从从容容地离开了。这段时间，猎手都站在熊的身后，他有足够的时间举起枪来，把这猎物杀死十次八次。但格桑旺堆却只是站在原地。他已经死去一次了。他没有看到熊的离去，而是恍然感到时间倒流一样，看到已经被身躯庞大的熊压成肉饼的那个人像被仙人吹了口气，慢慢膨胀，同时，把挤压出身外的那些血，那些乱七八糟的东西都吸回体内,骨头嘎巴嘎巴复位,眼睛重新看见,脑子重新转动,但那头熊已经从容消失于林中了。

时间一年又一年过去,他又与这头熊交手几次,因为仇恨而生出一种近乎于甜蜜的思念。本来,这个猎物与猎人之间的游戏还要继续进行下去,最后成为这个村落英雄传奇中的一个新的部分。但是,这个故事看来必须仓促结束了。

当他做了那个梦,就知道,熊已经向他发出最后决斗的约定了。看来,山林大火让熊像所有的动物一样,感到了末日来临,所以,它要提前行动了。格桑旺堆只能接受这个约定。只是,这个故事如此仓促地走向结局,在机村传奇里就只是非常单薄的一章。

走在回村的路上时,格桑旺堆才对不在身旁的巫师说:"多吉,我看你跟我都躲不过这场劫难,还是想想为了保护机村,我们最后还能做点什么吧。"

这时,一辆又一辆的卡车从后面超过了他,卡车扬起的尘土完全把他罩住了。机村的公路修通以来,还从来没有一次来过这么多卡车。他这么想着的时候,卡车还在隆隆地一辆辆从身后开过去,这就比机村的公路修通以来,所有来过的卡车都多了。

长长的车队开远了,格桑旺堆却觉得脚下的地皮还在颤动不已。他加快了脚步,卸空了人货的长长的车队又迎面开回来了。

赶回村里时，广场上已经搭好了几个军绿色的帆布帐篷。大的那座在中央，几座小一点，呈一个半圆拱卫着最大的那座。最大的那一座上面还竖起了一面鲜艳的红旗。格桑旺堆在帐篷门口站了一会儿，以为会有人来请他进去。但那么多人表情严肃地进进出出，绕过他，就像他是一根木桩。

然后，索波也来了。也和他像一根木桩一样站在一起。同样也没有人理会他。

索波是个容易生气的年轻人。站了不一会儿，他果然就生气了。并把怒气转移到了大队长身上："请问，有人招呼过你，让你站在这儿傻等吗？"

格桑旺堆慢慢摇摇头："没有，我只是想，也许领导需要我们帮点什么忙也说不定。"

索波从鼻子里哼了一声，说："害得我也跟着站在这里傻等。"

说完，就径直钻到帐篷里去了。不一会儿，就和一个领导一起出来了。领导打量一下木桩一样站在那里的格桑旺堆："原来你是大队长，我还以为是一个看稀奇的老乡。"

索波挺挺胸："我是基干民兵排长，请领导分派任务。"

"还是年轻人灵光一些，好吧，你把民兵组织起来，分成几个小组，准备好给上山的队伍带路吧。"

格桑旺堆想说，带路的事情还是年纪大些的人稳当，但他还没开口，领导就率先走在头里，很快他们就走到了村口："我们一定要把火堆在这里，还要来很多人，比你们一辈子见过的人加起来还要多，还要搭很多帐篷，"领导又着腰一挥手，把村外那些青苗稀疏的庄稼地都划了进去，"帐篷会把这些地都搭满……"

"可是地里都长着庄稼。"

"不要操心你的庄稼，来那么多人都有吃的，怕你村里这么点人没吃的？我们这么大个国家！你只管多准备干草铺床，多打灶。"说完，领导就回到大帐篷里去了。

领导说得没错，多少年后，人们都还会津津乐道，大火期间机村那非常短暂热闹非凡的好时光。那段时光，物质供应充足，有电影，还有歌舞团的表演。索波说，将来共产主义到来后，就每天都是这个样子了。

卡车队每开来一次，都卸下来许多人，许多帐篷。这些人跳下车，都站好整齐的队伍，唱一阵歌，这才奔向已经用白灰撒出一道道整齐方格的地方，搭起新的帐篷。机村所有人都出来了，跟在这些人后面，看他们唱歌，架好漂亮的四四方方的帐篷，又大家一起唱着歌，把帐篷里地面上的浮土踩实了，铺开机村供应的干草，再在干草上铺开被褥。这还不够，又在帐篷里拉开一道绳索，挂上干干净净的毛巾,几块木板又很快变成一个长架,上面一字摆开了搪瓷面盆,盆子里还有一只搪瓷茶缸,和一只闪着银光的铝饭盒。这天下午,差不多所有的机村人,都忘记了正渐渐进逼的大火,不是因为有了这些人,机村人就觉得有了依靠,而是这片以难以想象的速度建成的帐篷城,建成这个帐篷城时所弥漫的那种节日般的气氛,把习惯了长久孤寂的机村人全部牢牢吸引住了。那情景可真是壮观哪,同时挖成的几十口大灶,都吐出了熊熊的火舌。又大又深的锅架上去,不一会儿,就热气腾腾,弥漫开大米、热油以及各种作料的香气。整个机村都因此沉醉了。

这么新鲜盛大的场景,让机村人短暂沉迷一下,实属正常。

快吃饭时,首先是什么东西都归置得最为整齐的解放军排好队唱起了歌。然后,是戴着红袖章的红卫兵队伍。然后,是头戴着安全帽盔,穿着蓝色工装的伐木工人的队伍。他们唱歌,手持银光闪闪的铝饭盒,走到饭锅前,盛满热腾腾的米饭,走到菜盆前,又是一大瓢油水充足,香气四溢的好菜。一些胆大的孩子,飞跑回家拿来的家伙,也装得满满当当。

黄昏降临了,白昼的光芒黯淡下去,饭菜香味四处飘荡,沸腾的人声也暂时止息了。

直到这时,仿佛是轰然一声,烛天大火的红光又从东边天际升腾起来。好多人,差一点都让饭给噎住了。那片红光,当人们都抬头去看它时,却又慢慢黯淡下去了。大火好像是慢了下来,不像刚爆发时那么气焰嚣张了。

晚饭过后,很多台汽油发电机同时发动起来,所有帐篷里面瞬时灯火通明。同时有三个地方挂起了银幕,开到机村扑火的工人、红卫兵和解放军排好各自的方队,坐在中央,四周便是机村的百姓。电影里人们正常活动一会儿,就有风吹动银幕。于是,故事里所有的人,都跟着幕布飘动起来。风一停止,那些人又变得端正庄严了。

电影里的战斗正在激烈进行,却突然变成哑剧了。机关枪喷吐着火舌,冲锋的人们大张着嘴巴,却没有一点声音。这个时代的人,很容易就会处于愤怒而兴奋的状态,下面立即响起尖厉的口哨声。这时,喇叭里传来一个人轻轻的咳嗽声。然后,用平板板的声音说了两个字:"通知。"

骚动的人群立即就静默了。只有电影机里胶片一格格转过去的吱吱声。

那平板的声音又说:"开会通知。"

然后是一长串名字。念到名字的人就从观众中站起来,集中到一起。通知最后提到了机村的人。那个人没有念他们的名字,而是念出了大队长、支部书记、民兵排长、贫协主席和妇女主任这些职务。

所有这些人集中到指挥部的大帐篷里开会。会上说，明天，每一支队伍都要开上山，从山脚的河边开始直到山上的雪线，各自负责一段，砍出一条防火道。会上说，估计大火烧过来还要三四天时间。要抢在这段时间之前，把这条防火道砍出来。工人、解放军和红卫兵一共有十八个中队，每个中队都要求机村派出两到三名向导。民兵排长索波挺身出来领受了这个任务。格桑旺堆说："也许，我派些年纪大的人，他们对火更有经验。"

但是领导说了："我想，还是民兵们更精干一些。你看山上那么多人，你还是多组织人往山上送饭吧。"

散了会出来，电影已经散场了。远处的天际仍然通红一片。格桑旺堆停下脚步对索波说："那火说来就来，还是年纪大的人更有经验。"

索波从鼻子里哼了一声，说："队长是说放火的经验吧。"

格桑旺堆不是一个坚强的人。他所以当上大队长，不是因为他有多么能干，而是因为解放的时候，他是机村最穷困的人。使上面失望的是，这样一个人却没有这个时代所需要的足够的仇恨。仇恨是这个时代所倚重的一种非常非常重要的动力。但这个人内心里缺少这样的力量。不止是格桑旺堆，机村那些从旧社会过来的穷苦人，都缺少这样的力量。但现在，具有这种力量的年轻一代成长起来了。索波就是其中最惹眼的一位。

索波父亲一直身体孱弱，年近五十时才得了这个儿子。所以，儿子也就如乃父一样身体虚弱，稍微用点力气额头上就青筋毕现。但他父亲脾气却是好的。索波却常因为一点什么事情看不顺眼就动气，一动气额头上也青筋毕现。

按老的说法是，这样的人要么不得善终，要么就会祸害乡里。所以，直到今天，索波都当了民兵排长，这家伙要是老不回家，他那风烛残年的老父亲就会咳着喘着，拄着个拐杖来找他。

这天晚上，这老家伙已经吭吭哧哧地在村里转了好久了。他听到儿子语含讥诮地问："队长你是说放火的经验吧。"

以往遇到这种质问，格桑旺堆是会退缩的，但这回他没有。他说："放火的经验也是防火的经验。"

"是吗？那为什么上面要把多吉投入牢房呢？"

"你……你……"格桑旺堆都气得说不出话来了。

"你这个畜生！"索波的父亲举起了拐杖，但他那点力气，已经不在年轻人的话下了。拐杖落在身上时，索波只把手轻轻一抬，老家伙就自己跌坐在地上了。"你这个样子还想打我？"年轻人扔下这句话,气哼哼地走开了。

格桑旺堆赶紧去搀扶老人,但这老家伙坐在地上,不肯起来。他先是骂自己那不孝的儿子,骂着骂着话头就转到了格桑旺堆身上:"共产党让你当了机村的头人,可你,你有半点过去头人的威风吗?看看你把机村的年轻人都惯成什么样子了。"

格桑旺堆不吭气,把老家伙扶起来:"我送你回家吧。"

老家伙拐杖也不要了,任由他扶着跌跌撞撞往家里走。一路上,他都像个娘们一样哭泣:"看吧,年轻人成了这个样子,机村要完了。"

"机村不会完,年轻人比我们能干。修公路,修水电站,他们那么大的干劲,他们学会的那些技术,我们这些人是学不会的呀。"

"机村要完了,谁见过大火燃起来就停不下来,你见过吗?你没有见过,我没有见过,祖祖辈辈都没有见过。雷电把森林引燃,烧荒把森林引燃,打猎的人抽袋烟也会把森林引燃,但谁见过林子像这样疯狂地燃烧。机村要完了,机村要完了。"

"是没有见过,但你见过公路修到村子里吗?祖祖辈辈见到过汽车,见到过水电站机器一转,电灯就把屋子和打麦场照得像白天一样吗?"

"不要对我说开会时说的那些话，我听不懂，我只看见年轻人变坏了，我只看见大火燃起来就停不下来了。"

"大火会停下来的，你没有看见吗？来了那么多的人，他们是来保卫机村的。"

老家伙止住了哭泣，在这被火光染得一片暗红的夜色中，他的眼睛闪闪发光："扯鸡巴淡，护佑机村森林的那对金鸭子已经飞走了。机村要完了。"

"谁也没有见过金鸭子……"

"你不要假装不知道山上湖泊里的那对金鸭子，你不要假装不知道你们把那些漂亮的白桦林砍光了，金鸭子才飞走的。"

村子里是没有见过那对金鸭子。但人人都晓得村后半山上的湖里住着一对漂亮的金鸭子。这对金野鸭长着翡翠绿的冠，有着宝石红的眼圈，腾飞起来的时候，天地间一片金光闪闪。歇在湖里的时候，湖水比天空还要蔚蓝。这对护佑着机村的金野鸭，不是用眼睛，而是用心看见。它们负责让机村风调雨顺，而机村的人，要保证给它们一片寂静幽深的绿水青山。

但是，机村人没有做到这一点，机村人举起了锋利的斧子，日复一日，月复一月，年复一年，不是为了做饭煮茶，不是为了烤火取暖，不是为了一对新人盖一所新房，不是为了给丰收的粮食修一所新的仓房，也不是为新添的牲口围一个畜栏，好像唯一的目的就是挥动刀斧，在一棵树倒下后，让另一棵树倒下，让一片林子消失后，再让另一片林子消失。所以，金野鸭一生气，拍拍翅膀就飞走了。

刚开始砍伐白桦林的时候，机村人就开始争论这些问题了。

索波说："扯鸡巴淡，一对野鸭要真这么厉害，还不晓得这些木头砍下来是送到省城修万岁宫吗？"

这个话题不是寻常话题，所以马上就有人挺身质问："那你是不相信有金野鸭吗？"

还有人说："是机村人都相信有金野鸭。"

虽然这对野鸭的存在从来就虚无缥缈，即便如此，就是索波这样新派得很的人也不敢在这个话题上跟大家太较真了。其实，他更不敢在内心里跟自己较真，问自己对这对野鸭子是真不相信还是假不相信。

但他相信国家的需要是一种伟大的需要，却不知道砍伐这些树木会引来什么样的后果。老年人爱说，村子四周的山林开始消失的这些年里，风吹得无遮无拦了，但风大一些有什么关系呢？老年人还抱怨说，砍掉这么多的林子，一些泉眼消失了，溪流也变小了。但机村就这么一点人，连一眼泉水都喝不了，用不完，要这么多的水干什么呢？再说，老年人总是要抱怨点什么的，那就让他们

95

抱怨好了。在索波们看来，这些老年人更为可笑的是，他们居然抱怨砍掉了林子后，村子，村子四周的荒野没有过去美丽了。索波们听了这种话，都偷偷暗笑。美丽，这些面孔脏污的老家伙，连自己家院子里和村道上的牛粪猪粪都懒得收拾一下的老家伙们，嘴里居然吐出这样的词来。

索波的父亲就是这样一个老家伙。

这老家伙哭泣着走到了家门口，最后收了泪很严肃地对格桑旺堆说："你是一个好人，但你不是机村的好头领。"

"这个我知道。"

"那就让别人来干吧。"

"你的儿子？"

老家伙哼哼地笑了，笑声却有些无奈的悲凉："他倒真是日思夜想，说梦话都想，可他是那个命吗？你格桑旺堆不行，是你没有煞气，镇不住人，但大家都晓得你心肠好。可是，我家那个杂种，想要抗命而行，这样的人没有好结果，没有好结果的！"

说完，老家伙推开了房门，一方温暖的灯光从屋里投射了来，但老人的话却又冷又硬："所以，我恨你！"

然后，房门关上了。光亮，与光亮带来的温暖立即就消失了，格桑旺堆独自站在别人家的院子里，身心都陷入了黑暗。

10.

山火没有在人们预料的时间里到来。

而且，那疯狂的势头也减弱了不少。不要说白天，就是晚上，也几乎感不到远处火焰的热力与光芒了。

大火扰乱了春天的气流，使山野里刮起了风。风从高处，从机村所处的峡谷深处，从那些参差的雪峰上吹下来。挡在火前进的方向上。使火不断回溯，不断回头去清扫那些疯狂推进时烧得不够彻底的地方。这有点像正在进行的政治运动，开初轰轰烈烈的场面慢慢平静下来，但这并不意味着运动过去了，而是转入了深处，在看不见的地方继续进行更有效的杀伤。大火快速推进的时候，差不多是脚不点地的，只是从原始森林的顶端，从森林枝叶繁盛的上部越过。大火还想继续那样的速度，但曾经帮助其推进的风现在却横身挡在了前面。风逼着大火反身而回，回到那些烧过的森林，向下部发起进攻。下部是粗大的树干，再下面，是深厚的干燥了一冬的苔藓，当火从树干上深入地下，在那些厚重的苔藓与腐殖层中烧向盘绕虬曲的树根之网时，这片森林就算是真正地毁灭了。

如果不是人们老是开会的话,这风的确为保住机村的森林赢得了时间。

机村守旧一些的人们会叹息一声说,金野鸭已经飞走了。却没有人问一问,野鸭怎么可以从一片冰冻的湖上飞出来。追逐新潮的年轻人们却为前所未见的场景而激动着。

老派的人,如还俗喇嘛江村贡布之类叹息说,看吧,人一分出类别来,世上就没有安稳的日子了。他的这种说法有一个远古传说的来源。这个传说,其实是大渡河上游峡谷地区的部族历史。流过机村的河流,正是大渡河上游重要的支流之一。所以,这个传说,也是机村人的历史。这个传说,一开始就用了一种叹息而又忧郁的调子。说,那时,家养的马,与野马刚刚区别开来,然后,因为驯服野马与调教家养马的技艺,人也有了智性与力量的区别。这是人除了男人与女人这个天造的分别外,自己造出的第一种分别。自从有了这种分别,人世便失去了混沌的和谐,走向了各种纷纭的争议及因此而起的仇恨与不安。

按那个传说的观点看来,所谓人类的历史,就是产生出对人实行不同分别的历史。过去,是聪明或者愚蠢,漂亮或者丑陋,贫穷还是富有,高贵还是低贱,后来,是信教或者不信教,再后来,是信这个教还是那个教,到如今,是进步还是落后。而叹息的人们总是被新的分类分到下面,分到反面的那一堆人。

分到正面的人,年轻,有朝气,有野心,只为新鲜的东西激动,而不为命定要消逝的东西悲伤。

风压住火的时候,那些叹息的人仍然在叹息,说,天老爷都来帮忙了,还不赶紧上山,把宽宽的防火道打出来。

其实,那条防火道下半部已经打出来了。

卡车运来了一辆辆比卡车更沉重的推土机。机村的山坡,下半部较为平缓。这些推土机扬着巨大的铁铲,吼叫着,喷吐着黑烟,铁铲所过之处,草地被翻出了深厚的黑土,灌木林被夷为平地。一棵棵被伐倒的大树,也被巨大的铁铲推下山涧。山坡的上部,森林最为茂密的地方,有着巨大力量的机器却上不去了。在机村年轻人眼里,这些机器便是新时代的象征。是这些机器使他们在始终压迫着他们的老辈人面前挺起了胸膛。索波把这些年轻人分成小组,带着打防火道的队伍上山。这些队伍伐树不用斧子。他们用机器驱动的锯子,一棵棵大树,被锯倒时,都做出非常不情愿的姿态,吱吱嘎嘎地呻吟着,还在天空下旋动着树冠,好像这样就可以延迟一点躺倒在地的时间。但是,最终还不是轰然一声,枝叶与尘埃飞溅,倒在了地上。然后,锯子斧子齐上,被肢解,被堆放在一起放火烧掉。

要是就这样一口气干下去的话，后来的一切都不会发生。

但人不会这样。

连老天爷都来帮忙的时候，人却来自己为难自己了。

上山开工就因为开誓师大会迟了半天。

每一个人也都显出很焦急，很为祖国宝贵的森林资源忧心忡忡的样子，但没有人说我们不是来开会的，我们要拼命护住这片森林。

还是每天都要停下工来开会。

而且，那会开得比砍防火道更加郑重其事。要在没有台子的地方搭个台子，台子要有漂亮的顶篷，顶篷下要挂上巨大的领袖画像，台子两边还要插上成列的红旗。有风时，红旗噼噼啪啪展开，没有风的时候，红布就软软地贴着旗杆垂下来，像是两列小心静立的侍者。开会前要唱歌，唱完歌坐好了，要拿出小红书来诵读毛主席语录。然后，领导才开始讲话。领导讲话和平常人讲话不同，字与字之间有很大的间隙。这个间隙中，喇叭里会传出风吹动麦克风时的嗡嗡回响。而句与句之间的停顿就更长了，可以听到讲话声碰到对面山壁后激起的回声。其间还不断有人站起来，领头三呼万岁，四呼打倒。群众也跟着山呼万岁与打倒。机村的人围在会场四周。索波手下一帮青年民兵，却编入了工人的队伍。会场上呼口号的时候,本来只有领口号的那个人会站起身来,群众只是坐着应和而已。但机村这帮年轻人:柯基家的阿嘎、汪钦兄弟、大嗓门洛吾东珠的儿子兔嘴齐米,当然还有胖姑娘央金,却都站起身来,声嘶力竭地呼喊着。喊完坐下前,还都得意地扫视一下场外围观的同村的乡亲。这样的时候,围观与参与其事,的确是非常非常重大的分别。

开会,开会。

先是前面说到的誓师大会。接下来,还有总结会,反革命分子批斗会,学习会。所有会都大同小异。都是喊口号,唱歌,集体诵读语录,都有人在台上,领导是讲话,反革命分子是交代。

防火道越往上,队伍花在上山路上的时间就越多。索波觉得上了山就不下去,不是可以多干活吗?他把这个想法说了出来。结果,工人老大哥们都睁大了眼睛瞪着他:"这么冷的天,连床都没有,住在山上?你疯了。"

索波露出殷勤的微笑,急切而耐心地用不利索的汉语解释:"有山洞,烧大堆火,叫山下送吃的来。"

"这样就可以了?"

他拼命点头:"是的,是的,我们打猎的时候,就是这样。"

听完这句话,领队的躲到一边去了。一个同样年轻的工人放下手里的锯子,脱掉手套,走过来,说:"你可以,我们就可以吗?"

这种口气里也显示了人的分别。那是工人与农民的分别。更是文明与野蛮的分别。

他其实是机村最早意识到这种分别,并且对这种分别十分敏感的年轻人。他也明白,这种分别不会取消,一个人可以做的,就是通过努力,把自己变到分别的那一边去。

尽管他心里明了这一切,但对方的这种表现仍然让他十分难过。

还是一个好心人安慰了他:"年轻人,林子烧了还可以再长,再说,这林子又不是你们家的。"

索波想,机村就是靠这片林子的佑护安静地存在着。但他又觉得自己不应该这么想,因为,机村人世世代代都是这么想的。但不这么想,他的脑子里又能想起些什么呢?

"你是想,这林子是你们村的,是吧。不对,只不过你们村恰好在这片林子里。这些林子都是国家的。"索波何尝没有听说过这种说法。林业派出所的老魏一天到晚都在人们耳边来叨咕这句话。机村人说,这些林子是我们祖祖辈辈看护存留下来的。但老魏严肃地说不对,林子是国家的,不止是林子,天上地下所有的一切,只要国家一来,就都是国家的财产。老魏说,以前你们觉得这些林子是你们的。是因为国家没有来。现在，国家一来，一切都是国家的了。况且，老魏已经被打倒了。

索波眼前的这个人，也是一个被打倒的工程师。平常他都沉默不言，眼神空茫悲伤，这时却激动起来："再说，这个国家都要毁掉了，你真以为还有人会在乎这片林子吗？"这时，他模糊的眼镜片后双眼射出了灼人的光芒。这个来安慰别人的人，自己倒激动得不行了。

索波说："你，你，不准你说反革命话。"

那人眼镜片后的光芒更加灼人，他逼过来，说："你看看，大家是开会认真，还是干活认真？"

索波不得不承认大家还是开会更加认真。

"想想你自己，是干活认真还是开会认真？"

索波想了想，的确，自己也是开会时更加认真投入。想到这里，他对自己有点害怕了。要是那人再追问下去，不知会是一个什么样的结果，但那人只是得意地一笑，到一边干活去了。这一天，索波干得特别卖力。而他知道，这样干的目的，是因为那个人几个问题一问，他一向自认清晰的脑子，有些糊涂了。

因为干得过分卖力，不多一会儿，他就大汗淋漓了。这样干活是为了不想思考，但脑子其实是停不下来的。他越是拼命干活，就越发看出大多数人干活都是懒洋洋的。索波是个容易对别人不满意的人。眼下，他就对那些不拼命干活的人感到不满意了。但他们是工人，是干部，都比他身份高贵。那些人不好好干活，不为就要烧过来的大火着急，也没人注意到机村的民兵排长在拼命干活。索波渴了，感到嘴里又涩又苦。

他觉得自己该停下来了，但他已经做出了这样拼命的姿态，所以不知道怎样停下来才算是合适。他希望胖姑娘央金会来心疼他一下。但这个平常总是围着他转，像只花喜鹊一样叽叽喳喳的姑娘，却被那些穿蓝工装的年轻工人迷住了。这会儿，她正把工人的安全帽戴在头上，脸上露出幸福的表情，把她的同村乡亲，平常总让她春心激荡的民兵排长忘记了。索波从来没有真心喜欢过她，但她现在的这副模样，却让他嘴里苦涩的味道来到了心上。

太阳越来越高，慢慢爬到了天空的中央。自从大火燃起以后，炽烈明亮的太阳带上了一种暗红的光芒。而且，那种暗红的中间，还有一片片闪烁不定，忽隐忽现的黑色晕斑。

终于有人大喊一声："送饭的来了！"

大家便都扔下了手里的工具。刀、斧、鸭嘴撬、手锯、电锯立即躺满一地。索波也长叹了一口气，和手里的斧子一起躺倒在地上，躺在一地刚从树上劈下的新鲜木茬上。白花花的茬片散发着新鲜木头的香气,索波就躺在这些香气中间,嘴里又苦又涩,呆看着太阳上面飘动着的黑色晕斑,耳朵边还响着央金跟别人调笑时银铃般的笑声。央金人不漂亮,但身体长得火爆,声音也非常好听。

山下果然传来了尖厉的哨声。的确是送饭的队伍上来了。哨声是让上面停止工作,以免倒下的树,滚下的木头,把人砸了。

所有人都有了真正的兴奋,都站起身来向着山下引颈长望。

送饭的任务都分派给了机村人,现在他们就背负着食物,由一个手里摇着绿色三角旗,口里吹着尖厉哨子的穿蓝工装的人引领着上山来了。

蓝工装吹着哨子,摇晃着手里的小旗走在前面,机村人弓腰驼背,身背重负沉默着跟在后面。有大胆的机村人问蓝工装,为什么他什么东西都不背。蓝工装得意地一笑,说:"我的责任大,我是安全员。"

提意见的人是张洛桑:"那也可以多少背一点。"

其实,张洛桑也不是真对这个蓝工装有意见,在机村,他算是一个见多识广的人物,所以,见到合适的机会,总要把这一点显示出来。

蓝工装不以为怪:"革命分工不同嘛。都是为了保护国家的森林财产。"

格桑旺堆碰碰张洛桑,意思是叫他闭嘴。他却更来劲了,瞪大了双眼,故意提高嗓门:"我们这不是给他们的人送东西吗?"

蓝工装站下了,严肃了表情说:"这位农民兄弟,这位少数民族兄弟就不对了,如果硬要分一个彼此的话,我们不是来替你们保护森林的吗? 我们来替你们扑火,该你们请客对不对? 可连吃带睡的东西都是我们自己带来的。就让你送送吃的,还这么多屁话。"

这一大通道理绕下来,张洛桑就答不上话来了。一来,这林子一会儿是国家的,一会儿又变成了机村的,权属有些问题。二来,张洛桑虽是机村汉语好的人,但水平也没有高到可以顺溜地把这一大通复杂难绕的道理讲出来。张洛桑都做了哑巴,何况其他人在汉话面前,本来就形同哑巴的人。于是,机村人复又陷入外界人常常感到的那种沉默。

蓝工装说声:"走。"

大家又身背重负喘着气默默地跟在了他的后面。

哨声又响起来,刺耳,而且明亮,而且得意洋洋。

很快,就可以看到工地上那些停下活计,站在山坡顶上往下引颈张望的人了。但蓝工装却坐在了草地上,说:"呀,太阳把这草地晒热了,屁股真舒服啊! 休息一下。"

看见下面停下来,上面开始着急地呼喊,但蓝工装再次示意,大家都把背上的东西靠着山坡,坐下来休息了。阳光落在深蓝色的冷杉林上,落在林间的草地上,落在潺潺流淌的溪流上,安静,深长。阳光落在人们背负的食物上,热力使那些食物散发出香气。烙饼的香气,馒头的香气,煮鸡蛋的香气。敏锐的鼻子还能嗅到其中盐的味道、糖的味道和肉馅的味道。山下,正不断从山外拉来整卡车整卡车的食物。机村靠着水泉的庄稼地边上,挖出的几十口土灶,从早到晚,火力旺盛,热气蒸腾。

当上面不再呼喊的时候,蓝工装起身了,把一直挥动的绿旗别在腰上:"这下他们真累了。干活没有累着,喊饭倒是喊累了。走吧。"

11.

工人们一面抱怨吃食的单调,一面往嘴里塞着烙饼,一听听的罐头也打开了。除了牛羊肉,打开的罐头里那些水果、鱼和蔬菜,机村人梦里也未曾见过。索波也在风卷残云般吃着。其他的机村人见了那些东西就反胃,打嗝。这些日子,机村提前进入了共产主义,所有人家都在大食堂里吃饭。吃完,还夹带着不少的东西回家。这些东西里,首选的目标就是这些稀罕的罐头。在家里,他们不停地吃这些罐头。

央金嘴里也塞满了东西,她鼓着腮帮大嚼,却也没有忘了关照乡亲们:"你们怎么不吃,吃吧。"

大家都摇手。刚才就因为胃胀,所以爬起山来,前所未有地吃力。这会儿,见人们这么大吃大嚼,就觉得胃里更是满满当当了。

只有张洛桑还愿意说话:"不管我们,管你的索波哥哥吧。"

索波却把央金递上来的一块烙饼挡开了,气哼哼地坐到格桑旺堆身边去了。

格桑旺堆笑了,说:"又生气了。"

"我生什么气,看她犯贱,我心里难过。"

那边,却有那帮工人又跟央金调笑开了。央金银铃般的笑声又响了起来。

"丢人!"索波恨恨地说。

"年轻人,打打闹闹一下有什么嘛。"

索波转了话头:"我们机村人往家里偷了那么多东西,你不管?"

"不是偷,是公开搬的。东西拉来了,工人们都不想卸车,我们的人不惜力气,只是每一回都要带点东西回家。"

索波还是气呼呼的，但他自己知道，自己心里并没有人家看上去那么气。就像这些天来，跟这些工人混在一起，他才发现自己并没有过去工作队说得那么重要一样。这时，山下又有急促的哨声一路响上来。人们都站起身来。下面喊话说，请机村的民兵排长赶紧下山，到指挥部报到。索波复又扬眉吐气了，挺胸昂首地下山去了。

山外的世界真是太大了，已经来了那么多的人，还有人源源不断地开来，拉来了那么多东西，还有东西整卡车整卡车地拉来。

对于惊奇不已的机村人，有人出来做了通俗的解释，说："你们不是不知道什么是国家吗？这就是国家！"

但机村人又有了不够明白的地方，既然国家已经有了这么多的东西，为什么一定还要人来宣布说机村这片除了保佑一些飞禽走兽，除了佑护一个村子风调雨顺之外，并无特别用处的林子是自己的呢？

想不明白这些道理的机村人，卸车时，把整箱整箱的罐头扛回家里也没有人理会。国家的东西真是太多了。地上到处都是人们没吃完扔掉的东西。机村那些猎狗吃饱了这些剩饭剩菜，肚子胀得溜圆，一动不动躺在路上。被人踢了也只是很惬意一样哼哼几声，动也不动一下。后来，连羊群都不肯上山了，只是游荡在村里村外，从这片帐篷到那片帐篷，从这个食堂到那个食堂，学习尝试新鲜的食物。和狗比起来，羊们总是小心翼翼的样子，先翕动粉红色的鼻翼，嘘嘘地嗅上一阵，才慢慢下口。所以，没有被辣椒一类刺激的东西呛得凄凄哀叫的事情发生。羊也很文雅，也就是说，它们不像人跟狗那么贪婪，知道食物越多，越要适可而止。所以，它们总是行有余力，吃得饱饱的，还三五结伴，在景观大变的机村散步。从这个会场到那个会场，把一些刚用新鲜糨糊贴上墙的标语、大字报撕扯下来，一点点舔噬纸背上那些糨糊来消磨因为无事可干而显得漫长的时间。人们并不把这些羊赶走。因为这样，可以很方便地随时把它们抓进厨房。

吃食不但从山外运来，几天下来，机村的牛羊，也被杀掉好几十只了。每次杀了牛羊，救火指挥部都会通知村里去领钱。领钱的时候，总是有两个人在，他们坐在格桑旺堆和村会计面前，一个人掏出小红书摇晃一下，说："伟大领袖教导我们，不拿群众一针一线，买东西要付钱。"另一个捂着一个小书包的人，才从里面拿出钱来。三头牛，两只羊，还有打坏了谁家的一只水桶，点点，签字，不会？小书包里又拿出了印泥盒子，那就按个印吧。

走出指挥部后勤部的帐篷，格桑旺堆再次感叹："唉，要是这火不烧过来，机村人又开了眼，那可真是福气了。"

一个熟悉的声音在身后说:"天下没有这样的福气。"

格桑旺堆像遇见了鬼:"老魏!"

"是我。"

"你不是被,被……"

"被打倒了?我是被打倒了。但我还要来救火。"老魏脸上显出了一点得意的神情,"他们把我打倒了,但这种事情,他们不懂,还得我来出点主意。"

格桑旺堆笑了:"你的主意就是天天开会?要不是这两天风压住了火头,火早就烧过来了。"

老魏看看头上晴朗的,却有风疾速掠过的天空,忧虑的表情来到了脸上:"风并不总是给你帮忙的。打防火道的工作推进得太慢了。"

"那你们还老是开会,开会。"

老魏长叹一声:"马上又要开会了。"说着,老魏脸上浮现出神秘的表情,把格桑旺堆拉到一边,压低了声音,"告诉我一句老实话,多吉是不是跑回来了?"

沉默半晌,格桑旺堆摇了摇头。

老魏着急地说:"如果你知道,就把他交出来。这对机村有好处。"

"什么好处?"

"这样就可以不开会,不然整个工地都要停下来了。"

格桑旺堆怕冷一样袖了手,说:"我真不知道。"

"那江村贡布往林子里是给谁送饭?"

格桑旺堆身子一震:"老魏,都什么时候了,你还用那一套东西对付我们?"

格桑旺堆这么说是有来由的,以前,寺院关闭后,老魏就用跟踪的办法,捣毁了机村百姓悄悄设立在山洞里的一处神殿。并把喇嘛江村贡布连斗了三天。也是用这个办法,在大跃进的时候,机村曾经瞒藏了一些应该交公粮的麦子,结果也被他找到了。为此,机村付出了一条人命。如果不是那个负责看管粮食的人上吊自杀,让老魏临事手软,才没有让更多的人遭殃。格桑旺堆也是更多的人中的一个,而且是非常重要的一个。

老魏苦笑:"以前做得对不对,我现在也想不清楚了。但这次我是真想救下这片林子。"

格桑旺堆却来了情绪:"今天烧光,跟明天叫人砍光,有什么区别吗?"

"有。可我说不明白。我只要知道,多吉到底回来了没有?"

"我不知道。"

"告诉你吧，江村贡布已经给抓起来了。"他指指另外那个帐篷，"里面正在审着呢。索波也在，因为是你们机村的人，指挥部请他也来参加。"

太阳明光光地照着，一阵凉意却爬到了格桑旺堆的背上："为什么我不参加？我是大队长。"

"你是嫌疑人。"

格桑旺堆舔舔嘴唇："那就把我也抓起来好了。"

老魏耐着性子，说："我来告诉你事情的首尾吧。"

老魏说，这两天逆向的风把火头压住了，本来，这是一个自然现象。火烧到这个程度，抽空了下面的空气，峡谷尽头的雪山上的空气就会流下来，这就是风，就是这个风把火头压住了。但这只是局部的小气候。如果更大的范围内，有不同方向的风起来，这个作用就没有了。现在是春天，正是起东南风的时候，说不定哪天，东南风一起，顺着峡谷往上吹，火就得了风的帮助了，就会扑向这片林子了。但是，这几天，村子里就有传言起来，把这自然之力说成是巫师多吉的功劳。说他跳河没死，而是逃回村子里来了。是他不断作法，唤来北风神，把火头压倒了。

格桑旺堆知道，这几天，在那个隐秘的山洞里，多吉肯定在日夜作法。但有谁会把这话传出来呢？他一个逃犯，不可能跑到大

113

庭广众中来宣扬吧。正像格桑旺堆想的一样，这个人就是江村贡布喇嘛。这个人还俗后便破了酒戒。这个平常持身谨严的人，酒一多，嘴上就没人站岗了。

那天，江村贡布去山洞里给多吉疗伤。多吉手持金刚杵用功作法，一刻也不肯停下。他说，要让风连吹十天。让火回身，烧尽了烧过的林子，就再也不能为害四方了。多吉逃走的时候带了内伤。江村贡布带了些自配的止药散，让他服下。江村贡布知道，受了内伤的人需要静养，但多吉拼了大力敛气作功，内腔里的流血再服什么药也止它不住。

江村贡布就请他静养。

多吉说："你没有看见风已经转向，压住火头了吗？"

"你不静养，我止不住你里面的血。"

"止不止得住是你喇嘛的本事。至于我，"多吉凄然一笑，"横竖都是个死。活着出去，死在牢里，作法累死挣死，要是保住了机村，那对金鸭子不是飞走了吗？那我以后，就是机村森林的保护神。"

多吉还说，他孤身一人，死了，没有人哭。要是大火烧过来，那就是灭顶之灾。一个没人哭的人死，换家家不哭，值。喇嘛江村贡布心里一直是瞧不起这个巫师的。这并不因为两个人之间有什么过节，而是庙里的僧侣总是以正宗自居，这一类人都被看作邪门外教。但眼下他如此的表现，却让喇嘛心生敬重之情。

多吉说这些话时，已经喘不上气来了。他紧抓住江村贡布的胸襟，眼睛里闪烁着狂乱的光芒，说："我只求你，用你的医术，让我再活五天！我想看到风把那火全部压灭。是我唤来的风啊！"

江村贡布只好点头，走出山洞时，他想，这个人最多还能坚持两天。

回到村里，正碰上一帮上山送了饭回来的人，开了花生和熏鱼罐头在溪边林前喝酒。江村贡布也加入进去了。格拉死后，村里人都有些怪罪他们家，与大家的关系都有些生分了。而他外甥心里苦，又不肯低头。只有他来放低了身段，与大家往还。希望大家早点忘了两个死去的孩子，乡邻之间回到过去那种状态。所以，这种场合，不要人邀请他也会加入进去。何况人家远远地就招呼了他。

一路走来的时候，他一直都在长吁短叹，为了心里那很深的感动。再说，他受了大队长的重托，心里头还揣着一个天大的秘密。有感动有秘密的人，是很容易喝醉的。他一副心事重重的样子，酒碗转到面前，他都喝得很深。这种样子喝酒的人，总是想告诉人们点什么。这一点，全机村会喝点酒的人都知道。大家并不问他什么。只是越来越频繁地把酒碗递到他手上。

然后，江村贡布就呜呜地哭了。

还是没有人问话。

然后，他就直着舌头说话了。他说："我太感动了。"

"其实你不用这么感动的。"

"我们家兔子死了，格拉也死了。大家还对我这么好。"

这个话题勾起了很多人的叹息："其实，大家都有错，我们都可以对那个孩子好一点。"

这话让江村贡布哭得更伤心了。他说："好，好，你们对我们家这么好，我也不瞒你们了。"说出这句话，他立即就收了哭声，脸上浮现出神秘的表情，"但是，你们谁也不能告诉。"

大家都看着他不做声。

他说："你们也不要害怕。"

大家都齐刷刷地摇头，意思是我们干吗要害怕。

"那我就说了？"

大家一齐点头。

"好，我说了。"

然后，他就把多吉如何藏在山洞，如何作法都说出来了。他还说，这些天压住了火头的风，正是多吉作法的结果。他说着这一切

116

的时候，那么多身子倾过来，那么多双眼睛瞪着他的眼睛，使他感到特别畅快。最后，他说："要是多吉累死了，我们要封他为神。"

说完这一切，那种畅快使他浑身困乏，便一歪身子睡过去了。

醒来时已是黄昏，他步履踉跄回家时，关于多吉作法的事，已经在村子里流传了。第二天，这话便到了村子之外的人的耳朵里。很多秘密，本来在机村都是公开的事情，但外界的人，却不得与闻。这次这件事情，要不是老魏的出现，仍然会只是机村的一个秘密。但有老魏在，情形就大不一样了。

老魏做过些招机村恨的事，即便如此，机村人仍然认为老魏是一个好人。这次，老魏下来，又没有了过去的威风，整天忧心忡忡的样子，看了让人可怜。过去，机村人不肯干上面布置的事情，就派老魏下来。老魏不下命令，老魏说："你们想犯错误，那我也来跟你们一起犯。"

机村人不肯上缴公粮，老魏来是这么说的。

机村人放火烧了荒，每次来带人去拘留，带不到人的时候，老魏也是这么说的。

机村人最初不肯砍树，老魏来动员，也是这么说的。

这回，老魏显得怨气冲天，说："叫你们不烧荒，你们烧了。让多吉老老实实，他不干，要跑，这下把我害惨了，我再也帮不上你们的忙了。"

他这么说话，足以叫机村人感到忧心忡忡。上面的意思千变万化，机村人难于应付与理解，老魏一个派出所所长，官不大，却是机村与上面的一个桥梁。老魏对机村很熟悉。他很快就感到了有秘密的存在。他也不打听，最后那传言终于还是落在了他的耳朵里。告诉他的人说："这事，你千万不要告诉别人，在我们村里，索波和他手下的那些民兵我们都不敢告诉。"

老魏是忠于组织的，很快就把这件事情报告了。

这才有了当下这一幕。

老魏对格桑旺堆说："明人不做暗事，这件事我一听说，立马就报告了。"

"为什么?"

"谣言止于智者。不能再让谣言流传了。"

"真的怎么是谣言?"

老魏笑起来："看，你已经招认了。"

"我没有招认。"

"我的大队长，你不是说这事是真的吗? 你不就等于是招认吗? 行，我要的就是你这句话。"

说完，他拉着格桑旺堆钻进了帐篷。江村贡布垂首坐在一圈

118

人中央。格桑旺堆对他一跺脚："你坏了我的大事！"

索波则对着他冷笑。

格桑旺堆说："好吧。人是我藏起来的。"

领导马上发话："马上发通知，阶级斗争新动向，有人趁国家森林遭受巨大火灾之机，宣扬封建迷信，破坏史无前例的无产阶级文化大革命！"

老魏叫起来："不行啊，防火道工程千万不能再停啊。坏人已经挖出来了，交给专政机关来处理吧。"

领导阴阴地笑道："专政机关，老魏你就是专政机关的吧？过去你就是管着这些地方的吧？看看，搞封建迷信的坏人猖獗到如此程度，就是过去的专政机关执行刘少奇修正主义路线的结果！你还什么专政机关！"

老魏争辩道："过去我有错误，可现在专政机关不是都换人了吗？"

上面一拍桌子："你话里话外，是对文化大革命心存不满！"

老魏从来没有在机村人面前如此失过尊严，他梗着脖子还要争辩，格桑旺堆悄悄拉拉他的袖口。虽然他听不太明白他们那些文件上的大道理，但他看出来，老魏在这种时候还是向着机村的。

不想平常慈眉善目的老魏涨红了脸，冲着格桑旺堆，还有索波跟江村贡布三个机村人爆发了："我这是何苦呢？我这是何苦呢？你们机村人总恨我出卖了你们，现在你们看看，领导又是怎么对待我的。"

老魏反常的举动使大家都有些吃惊。好半天，大家都看着他一言不发，没有任何反应。要是有人反驳，老魏的怨愤就会继续高涨。但大家都只是一言不发地看着他。三个机村人是因为震惊，而那些和老魏一样的干部们，大多都用讥诮的神情瞧着他。这种安静，把老魏自己也弄得手脚无措，他的脸由红转黑，抱着头，慢慢蹲到了地上。大家还听见他低声咕哝："对不起，我又犯错误了。"

又是一声拍桌子的脆响："大火当前，你还要认识这是什么性质的错误！"

"我同情落后势力。"

"不是同情，你的立场早就站歪了！"

老魏又昂起了头，再次开始申辩："没有那么严重，我只是不该同情这些人！"这回，他用手指着这几个机村人的时候，眼里的确喷出了仇恨的火星。

"那你说斗争会该不该开？"

"该！该！"

突然有人大笑。大家一看，却是刚才还缩在墙角里索索发抖的喇嘛江村贡布。然后,他口舌伶俐地吐出了一大串藏话。说完,他再次放声大笑。

领导发话了,问这个人疯了吗?

格桑旺堆说:"疯了。"

但索波他说:"这个人没疯。"

"那他念经一样,说些什么?又在这里公然搞封建迷信活动吗?你,把他的话翻过来给我们听听。"

索波说:"领导不该相信他的胡言乱语。"

"叫你翻过来听听。"

这时,老魏感到周身关节酸痛,就举手说:"报告领导,我身上的天气预报准得很,天要转阴,要下雨了。"

领导只想听索波翻译江村贡布的话。

江村贡布大笑说,你们在这里为一些虚无的道理争来争去有什么劲呢?多吉已经死了!不管是不是封建迷信,也不管他的作法是不是有效果,但他的确是为了保住机村的林子,发功加重内伤而死的。这样的人你们都要斗争吗?如果需要,我马上去背负他的尸体回来。或者,你们不想斗争死人,那就把我当成那个死人来斗争吧。我们只是迷信,你们却陷入了疯狂。

等索波翻译完了,江村贡布再次大笑,这回是用汉话一字一顿地说:"我看,你们全都疯了!"

然后,背着手仰脸出门去了。

领导一拍桌子说:"给我抓回来!"

这时,有三个影子一样的人现身了,这正是追踪多吉的专案组的那三个人。这些日子里,他们悄无声息,但又好像无处不在。其中一个,跑到领导耳边压低声音说了句什么。领导便挥了挥手打消了刚才的念头。

三个人便影子一样飘出去,在喇嘛身后跟踪而去了。

12.

这件事,火灾过去好多年后,机村人一直都还在津津有味地传说。

传说,多吉就是江村贡布发话时,心肺破裂而死的。传说江村贡布出门就直奔山洞而去。见了多吉的尸体依然大笑。而且,这个总是脑瓜锃亮的喇嘛,从这一天起开始蓄发,直到满头长发巫师一般随风飘洒。

传说,被这些乱七八糟的事情弄糊涂的指挥部领导一拍桌子,大吼道:"都给我滚开!"

大家正好趁机脱离险境。老魏走出帐篷时，揉着酸痛的肩，有些讨好地对紧锁眉头的格桑旺堆说："天要下雨了，只要雨下下来就好了。"

格桑旺堆却只觉得嘴里发苦，心中悲凉。他不想理会老魏。他也没有抬头看天。却听见索波说："咦，老魏你的天气预报挺准的，天真的阴了。"

格桑旺堆这才抬头看天，看见蓝中带灰的晴空已经阴云密布，而且，大火起后，一直十分干燥的空气里，带上了淡淡的湿润之气。

传说，这时天空滚过了隆隆的雷声。索波高兴地说："这下机村的林子有救了！"

格桑旺堆这回却变得咄咄逼人了："你什么时候觉得这些林子是机村的林子？只要对你有好处，你可以把整个机村都卖了。"

索波梗起了脖子，但终于把到嘴边的话咽回去了。对这个野心勃勃的年轻人来说，这也是很难得的事情了。

这一年春天的第一回雷声再次响起来，从头顶的天空隆隆滚过。大家只注意到雷声，而没有发觉风向已经变了。这个只要看看树木的摇动就可以知道。树枝和树梢，都指出了风的方向。

格桑旺堆连雷声也不在意，他说："我相信江村贡布的话，多吉已经死了。我要去看他。你，还有你，可以去告发。可以让他们开那个没有开成的斗争会，来斗我。我告诉你们，多吉是我藏在山洞里的，是我让江村贡布给他送饭疗伤，但他不想活了，他作法把自己累死了。我现在要去看他。"

老魏拉住了他："你不能去。斗争会也不能再开，再开会，防火道耽搁下来，大火过来，这些树林就保不住了。"

格桑旺堆说："没有人肯为机村死，索波不肯，我也不肯，多吉什么都不是，但他肯。我要去送他。"

格桑旺堆走到村口，就被警察拦回去了："你不能走。"

于是，他又重新被带到了一个帐篷里。而且，老魏与江村贡布已经先一步被带到这里给人看起来了。

老魏问自己过去的手下，会把自己怎么办。

他的手下懒洋洋地回答："明天先开你们的斗争会，以后会怎么样，我就不知道了。"

老魏把头深深地埋在裤裆里头不说话了。

雷声还在震响，变了向的风也越来越强劲了。看来盼望已久的季雨终于就要来了。

每年这个季节，强劲的东南风把丰沛的雨水从远方的海洋上吹送过来。风浩浩荡荡，推动湿润的云团，一路向西向北，掠过河流密布的平原，带上了更多的水分，掠过一些山地时，这些水分损耗了一些,但风经过另外的平原时又把水分补充足了。然后,东南风顺着大渡河宽广的峡谷横吹进来。大渡河的主流与支流,尽管在崇山峻岭间显得百回千转,但最终都向着东南方敞开。风吹送进山谷时,雨水就降落下来。

正是有了这些湿润的风,才有这西部山地中茂盛的原始山林绵延千里,才有众水向着东南的万里沃野四季奔流。正是有了这些森林,这些奔流东去的众水,每年,东南方吹送而来的风才会如此滋润而多情。

但是,大火起来的这一年,不要说是一个小小的机村,而是天下所有地方都气候反常。

多少年后,机村人还在传说,多吉一死,风就转向了。

这当然是一种迷信。其实只是这一年气候大异常中的一个小异常。往年,东南风起时,雨水会同时到达。但这一次,事情有了例外。风先起,而雨水后到。其实,雨也就晚来了不到两个小时,但东边的大火早就借着风势掉过头来,浩浩荡荡在向着机村这边推进了。大火被压抑了这么久,一起来就十分猛烈,好像这期间真是聚集了许多的能量,在这一刻,都剧烈地释放出来了。不一会儿,就在东边天际堆起了一道高高的火墙。机村的空气好像都被那道高高的火墙抽空了。

所以，当雨水终于落下来时，已经无济于事了。大部分的雨水未及落地就被蒸发。少量的雨水落到地面，已经被大火的灰烬染黑。这些稀疏温热的雨点落在地面，只是把干燥的浮尘砸得四处飞扬。

整个机村，叫声一片。

烛天的火墙慢慢矮下身子，不是为了怜悯苍生而准备就此熄灭，而是深深地运气，来一次更加辉煌的爆发！

大火与天相接。

夜晚一到，模糊了天地的界限，那情形就仿佛天降大火一般。

天火说，一切都早已昭示过了，而汝等毫不在心。

天火说，汝等不要害怕，这景象不过是你们内心的外现罢了。

天火还对机村人说，一切该当毁灭的，无论生命，无论伦常，无论心律，无论一切歌哭悲欢，无论一切恩痴仇怨，都自当毁灭。

天火说，机村人听好，如此天地大劫，无论荣辱贵贱，都要坦然承受，死犹生，生犹死，腐恶尽除的劫后余辉，照着生光日月，或者可以于洁净心田中再创世界。

机村人明白了？或许，可能。但无人可以回答。他们只晓得惊恐地喊叫。他们仍然是凡尘中的人，因惊恐而兴奋，因自然神力所展现的奇景而感到莫名的快感。野兽在奔逃。飞禽们尖叫着冲上夜空,因为无枝可倚,复又落回到巢穴里,然后,惊恐使它们再次尖叫着向着夜空高高蹿起。

那火像日珥一样辉煌地爆发了,火墙倾倒下来,整个夜空里放满了庆典礼花一般火星飞溅。火头贴向地面,在几座山冈和谷地间拉开一个长长的幅面,洪水一样,向着机村这边从容不迫地席卷而来。

现在,大家好像才真正明白过来,大火是真正要烧过来了。

已经变成了个巨大营地的机村像一个炸了营的蜂巢。所有的喇叭都在叫喊,所有的灯光都已打开,所有的机器都在轰鸣,所有人都在跑动。队伍又集合起来。广播里传出来指挥部领导的叫喊。

而在帐篷里,几个警察还在看守着老魏他们。

格桑旺堆听着那种叫喊有些耳熟,就说:"我好像听见过人这样讲话。"

江村贡布翻翻眼,说:"电影里面,最后时刻,当官的人就这么讲话。"

几个表情严肃的警察忍不住笑了。这一笑帐篷里的空气才稍稍松动了一些。老魏说:"你们还守在这里干什么? 还不上山救火!"

他曾经的部下，收起了笑容，一动不动。

"你们放心，我保证不跑，请报告领导，请组织上在这危急时刻考验我。我也要上山救火！"

这些人还是不为所动。

老魏说："这样吧，我去救火你们不放心，那把这两个人交给我看守，你们赶快上山去吧，多一个人多一份力量。"

江村贡布又长笑一声，自己站起身来，往帐篷外走去。一个警察就从腰上抽出枪来。江村贡布回过头来，笑笑，嘶哑着声音说："年轻人，我活够了，想开枪你就开吧。"

"站住，回来。"

"我不会回来，我不能让多吉一个人悲凉地躺在山洞里，我不能让一个一心要救机村的人，死去之后，灵魂都无人超度。"江村贡布掀开门帘，通红的火光把他照亮了，他带着挑衅的口吻说，"告诉你们吧，我要去给那人念些度亡的经文。"

举枪的人擦了把沁上额头的汗，把枪插回了腰间，说："这个人疯了。"

没想到江村贡布又一掀门帘走了回来："我还有句话没有对大队长说。"

江村贡布对格桑旺堆说："多吉的事你放心，你把他交给我算是找对人了，你当上大队长以来，很少做过这么对头的事情。多吉的后事，你一个俗人不懂得他，也帮不了什么忙。"

江村贡布这一回是真的走了，警察也没有再掏枪。一直沉默的格桑旺堆突然像一头野兽一样咆哮起来："放我出去！"

警察都拔枪在手，格桑旺堆说："我要救我的村子，你们想为这个打死我吗？"

几个警察扑上来，有人锁他脖子，有人拧他的胳膊，但他怒吼着，像一头拼命的野兽一样挣扎了一阵，几个警察便都躺在了地上。老魏示意那几个警察不要动，自己想上前来安抚这个狂怒的人。他吧嗒着嘴唇，模仿着机村人安抚骚动的家畜的声音，但他刚刚凑近身子，就被格桑旺堆重重地掼在了地上。这回，格桑旺堆拉着一个警察，直接冲进了正在做最后部署的指挥部的帐篷。他替那个警察把枪掏出来，拍在了领导的桌上，他说："如果我有罪，你就叫他枪毙了我。如果没有，就放了我！我不能眼看着大火烧向我的村子，而坐在那里什么也不干！"

"猖狂！我以县革命委员会的名义，以救火指挥部的名义，撤了你的职！"

"我不要当什么大队长，我只要你们准我救火。"

"把这个人拉出去，我们在开会！"

格桑旺堆发了蛮力,把前来拉他的索波和另一个民兵都摔倒在地上了,他嘶声喊道:"开会! 开会! 少开几个会,就轮不到现在这么紧张了!"

"把这个人给我绑了!"

差不多是所有人同时发力,把野兽一样狂怒的格桑旺堆扑倒在地上,绑了起来。格桑旺堆还在大叫,一张毛巾把他的嘴给结结实实地堵了起来。这时,远处的火墙又升起来,每一次火焰的抽动,都在抽动帐篷里本来就紧张的空气,所有人的感觉都是快要喘不上气来了。在这个会上,索波被宣布为机村的大队长。上任的大队长第一件事情,仍是派人带队伍上山。

黑夜里,机村的向导就真是向导了。走错一步,可能整支队伍一整夜都会在老林子里走不出来。这么些年来,索波都觉得格桑旺堆是一个无能的人,都觉得自己应该取而代之,但他从来没有想过会是在这样一个时刻。这个时刻到来的时候,他对好多事情的看法都有了一些改变。但这个时刻却在他最没有准备的时候降临了。他明白,这个时刻,把一支支队伍派往夜晚幽深的山林,很可能大火逼近时,一个人也逃不出来。

看来指挥长自己也明白这个道理,但他更不敢冒眼看大火推近无所作为的风险。他走下铺着地图的桌子后面的那个位置,手重重地拍在索波的肩上："队伍能不能安全地拉出去，又安全地撤回来，就全看你手下的向导们了。"

除了格桑旺堆，这里面只有索波最清楚现在开队伍上山所包含的巨大风险，但他不能，也不会反对指挥部的命令。指挥长说了，你这个年轻人前途未可限量，只是一定要在关键时刻经受住考验。

帐篷外面，就像电影里的场景一样，一支支队伍正在集合。这些人都穿着一样的服装。工人戴着头盔，腰里都挂着一只搪瓷缸子。手里拿着一样工具的人站在一组，显得军人一样整齐雄壮。然后，是干部与学生的队伍，他们都穿着一样的草绿色服装，戴着红袖章，背着军挎包，排队看齐时，挺胸昂首，碎碎移动的脚步溅起了很多的尘土。倒是刚刚从救火现场撤下来的解放军队伍显得衣衫不整，疲惫不堪。再没有人手了，连老魏也作为向导派给了解放军的队伍。

说时迟那时快，转眼之间，一支支队伍都消失在夜晚的树林中，队伍开出村时，手电光晃得人眼花。但当他们进入森林时，那些光芒，就显得稀落而黯淡了。

整个机村只剩下那些空空荡荡的帐篷，一些余烬未消的空灶和一些老弱妇幼了。

火光时而明亮,时而黯淡,空荡荡的机村的轮廓一会儿模糊,一会儿清晰,就像某种奇异荒唐的梦境一样。

山下,稍微平缓一些的地方,都被机器施展了神力。陡峭的高处,它们是无论如何也上不去了。剩下那些地方,树又大又高又密,只好人用双手来干了。夜晚的森林显得无边无际,伐倒一棵树,至多也是透进一点天光。何况树还不能只是伐倒了事,还要堆积起来,放火烧掉。时间紧迫起来时,才知道放倒一棵大树,需要太多的时间,而把这些树烧掉,需要更多的时间。要在这样茂密的森林里,砍出一道防火道来,不可能是今晚,也不可能是明天。大火只要以眼下的速度推进,要救下这片森林几乎是不可能的了。从指挥长到普通工人,任何人都明白这一点,但都没有人把这一点说出来。整个救火行动开始以来,机村就被视为关键部位。绝大部分的人力物力都投放在了这里。谁要是把这话说出来,就可能成为整个行动失败的替罪羊。经过这么多一次比一次更加残酷的运动,每一个人都可能是一个告发者,每一个人也都可能被别人告发。所以,整条防火线上人人都在拼命干活,整个夜晚,满山遍野都是刀斧声一片。就这样一直干到天亮,看看一整夜的劳动成果只是在无边的森林中开出一个个小小的豁口,没有一个人感到胜利在望。

开了那么多的会,并未从芸芸众生身上激发出来传说中能够拯救世界的英雄的力量。

每一次开会,会场上都会拉起一道标语:"人定胜天!"

每一次开会结束的时候,都要山呼三遍:"人定胜天!人定胜天!人定胜天!"

但现在,每一个人都明白,再多的人,再多的人山呼海啸一般的呼喊,那大火也会像一点都没听到一般。天人相隔,天行天道,人,却一次一次在癫狂中自我欺骗。

天仍然阴沉着,太阳升起来,只是阴云之后,烟雾之后,一个黯然模糊的亮点。高天之上,被大火冲乱的气流里,或许有些纷乱的雨脚,但是,未及降落到地面,就被蒸发干净了。除了刚刚到达那一阵子,东南风不是太大,却一口长气匀匀地吹着。它赶了成千上万里的路,飞掠过了那么宽广的大地,没有个三天五天,是收不住脚步的。湿润的东南风,在掠过了大火宽大的区域后,水分被蒸发得干干净净,自己也变得万分焦渴,就带着一身呛人的烟火气降下云头,贴地而行。这个季节,每一棵树都拼命吮吸了一点水分,输送到每一杈枝头,输送到每一个叶苞处,准备返青,准备舒展开新绿,但这点水分被带着一身烟火气的东南风劫掠了。那些开始生动与柔软的枝条又重新变得僵直了,所有因萌动着新叶与花朵而显得饱满滋润的芽苞与蓓蕾,也在这本应湿润,本应催生新叶与春花的东南风过处,迅速枯萎了。只有刚刚从厚积的枯黄中泛出新绿的草地,却在一夜之间被那热风吹绿了。而且,过去要在接下来的大半个月中才会渐次开放的白色的野草莓花和黄色的蒲公英都在一夜之间同时开放了。

以前,机村人解梦,花开总是吉兆,但大火过后,谁要是梦见一夜花开,这个人自己就会担惊受怕。大火过后,连机村人详梦的说法都有了变化。不过,那已是后话了。

且说,一队队开上山的人马,在森林中各包一段,拼命干了一个晚上,天亮了一看,就明白要抢在大火前面开出一条防火道来,几乎没有任何可能。又累又饿的人们,一下就瘫坐在地上。掠过火头的风暖烘烘的,好多人背一沾软和的草地,很快就沉入了梦乡。本来就焦急狂躁的索波急火攻心,嘴唇都起泡开裂了。他说:"你们不能停下,你们不能停下。"

但每一双快要闭上的眼睛,都只漠然地横他一下,就顾自阖上了。每一个闭上双眼的人,都会非常惬意地吐出一声叹息。而那些野草莓,那些蒲公英细碎精巧的花朵,就从那些躺上的身体的四周探出头来,无声无息,迅速绽开花蕾,展开花瓣,只是轻轻地在干热的风中晃动一阵娇媚的容颜,便迅速枯萎了。而在那些加速生命冲刺,在开放的同时便告凋零的花朵之间,是一些摊开的肢体,是一张张形态各异的脸。这种情形,怎么看都像是一个可怕的梦魇。

索波看着这景象,嘴里不断地说:"不能停下,不能停下!"然后,他冲到队长面前,说,"告诉他们不能停下!"

队长看看他,笑了:"谁告诉他们都没有用。不过,你要干,我就跟你一起干吧。"

队长和索波开始合力砍一棵大树。

沉闷的斧声在清晨的森林中显得空旷而孤单。

一些人起身加入进来。这些加入的人要么是先进的人物,要么是在运动中总是不清不楚的人物。他们加入进来,不是为了保住森林,而是在森林毁灭后,保护好自己。而大多数人躺在地上睡着了。索波看到有人没有老实睡觉。这些天,机村的胖姑娘央金迷上一个白净脸的蓝工装。这个蓝工装雪白的衬衫领口围着一个颀长的脖子,说话时,喉结很灵动地上下滑动。这个人总是一副什么事情都让他打不起精神的懒洋洋的派头。就是他这派头把胖姑娘央金迷住了。

大火没来的时候,央金一看到索波就目光虚幻。现在,一个有着特别派头的年轻人出现在她的面前。于是,央金的目光开始为另一个男人虚幻了。

那个人滑动着喉结说了句什么，央金都要拍着胖手说："呀，真的呀！"

索波就说："呸！"

但胖姑娘被迷得不轻，连一向敬畏的索波的话也听不进去了。

索波咬牙切齿对她说："你喜欢什么人是你自己的事，但你不要在这么多人面前犯贱，你这是给机村人丢人现眼！"

央金哭了。

但央金是那种太容易认错因此也太容易重复犯错的那种人。转过身，只要那个人对她火爆的身材看上一眼，她就像一身胖肉里裹着的骨头发痒一样，扭动着身子凑上去了。

这天早上，索波看到，睡了一地的人当中，也睡着央金和她那个蓝工装。别人的脸都暴露在阳光下，但这两个并躺在一起的家伙，脸上却都扣着安全帽。但只从安全帽没有遮住的下巴与耳根，都看得出来，两个人正暗自窃喜。因为什么？因为两个人的手都没有安生，都伸到对方身上去了，在敏感处游走。

看到此情景，索波嘴上烧出的泡有两个裂开了，血水慢慢地渗了出来。那边还在悄无声息地暗自欢喜，这边这个人却又做出了副受难者的表情。

受难者把嘴唇上渗出的血水吐掉:"呸!"

但是除了他自己,没有人听到。

这时,有些地方响起了爆炸声。之后,幽深的林子还有烟雾腾起。大家正在纳闷之时,老魏还有格桑旺堆领着一支这次救火行动中,人员最为杂乱,着装最不整齐的队伍出现了。老魏说,解放军用炸药开防火道,速度比人工砍伐快多了。老魏向指挥部建议推广这个方法。指挥部还把往每个分队工地传达这个命令、同时输送炸药的任务交给了他。是他建议指挥部放了格桑旺堆将功折罪。因为这支队伍,基本上是前些天送饭队伍的班底,只是还加上了指挥部机关的临时精简出来的工作人员,甚至,连炊事员都抽了十多个人补充到这支队伍里来了。

央金的蓝工装就脱口而出:"那就没有人送饭了!"

被打断了话头的老魏,灼人的目光亮起来:"谁?谁说这话?"

下面没有人应声。

老魏说:"大敌,不,大火当前,就想着自己的肚子,觉得有道理就站出来说话。"

于是,包括刚刚小睡醒来的那些人,都做出同仇敌忾的样子。蓝工装一吐舌头,掩嘴后退,三两步,就消失在合抱的大树后面了,央金也学样,吐一下舌头,相跟着掩身到大树背后,从人们视线里消失了。

前些年修公路的时候，索波就学会了爆破。现在，这个本事又用上了。他扯根藤条把两管炸药绑上树身，给雷管插上导火索，拔出腰刀，在炸药管上扎出一个小孔，插进雷管。对老魏挥挥手，说："大家散开。"

大家就都遁入林中，只留下老魏跟这个分队的队长还在身边，索波又伸出手，说："给我点根烟。"

一根点燃的烟就递到他跟前。索波接过来，猛吸一口，点燃了导火索，一阵蓝烟腾起，导火索冒出了火星，他才说："快走！"

三个人急急遁入林中，转过七八棵大树，刚在树后蹲下，轰然一声爆炸，头顶上树挂、枯叶簌簌地震落下来，那边，被炸的大树才轰然倒下。这一次演示，也是爆破速成。这个时代的人，对建造什么鲜有信心，但对毁坏的方式却学得很快。

下一次炮声响起，就是好些人同时操作，同时点火，连珠炮响过后，倒下了起码一个排的大树。

老魏满意地点头，对格桑旺堆说："年轻人真是能干。"

格桑旺堆平淡地说："我耽误了机村这么多年，机村总算有一个能干的领头人了。"

索波对格桑旺堆说："我把央金也派到你的队伍里来。"

"好，该年轻人来负责。"

索波就恨恨地说："我不能留她在这儿给机村人丢脸，派给你送炸药去！"

但没有人看见央金，她跟那个蓝工装不知在什么时候，一起消失不见了。

索波脸阴沉下来，哑着嗓子说："你们走吧，幸好山那边不是台湾，不然她就跑到敌人那里去了。"

老魏说："你不要生气。"

索波说："我生气？我为什么要生气？我为她生气？"

"但你确实生气了。"

格桑旺堆说："男欢女爱，我们机村的风俗，你是知道的。"

索波说："那是落后，要移风易俗，再说，这是男欢女爱的时候吗？"

格桑旺堆笑了："不是男欢女爱不是时候，而是天灾来得不是时候！"他把炸药背上身，又说，"如今，你是机村的领头人了，央金的事交给我，但还有好多事你得管，江村贡布又去找多吉了，你也得知道一下。"

"为什么不早告诉我！"索波愤怒得要大叫了。

格桑旺堆摇摇头，背上炸药，往另一个分队去了。

13.

央金和那个蓝工装潜入了树林。现在,她的身体也像眼下的森林一样,被烤得冒烟了。唯一不同的是,把森林烤得冒烟的是大火,而把她身子烤得冒烟的,却是蓝工装那好像漫不经心,同时又充满欲望的眼光。

更不要说,相互的抚摸已经使她总是被衣服紧紧捆缚着的身体马上就要爆炸了。

那人离开人群转过了一棵大树。她也昏昏然相跟着转过一棵大树。脚下,是厚厚的松软苔藓。每一脚上去,都有一点微微的下陷,然后,又有一点微微的反弹。这增加了他们林间追逐时梦境一般的感觉。有意无意间,他们一会儿把对方弄丢,一会儿又把对方找到。要是换一个男人,她早就被扑倒在地上了。这个男人却不慌不忙。她转着一棵大树绕圈时,一小方天空就在头顶上围着树冠旋转。

有两次,他们抱在了一起,央金呼吸急促,头上沁出细细的热汗,但那个美男子,懒洋洋的眼神只是间或闪亮一下,那种闪亮里有欲望的表达,同时,还对自己的欲望含有一种讥诮的锋芒。这样的两次拥抱后，央金的上身已经没有了衣裳。她的上身很短，两条手臂也很短促，就像做工稚拙的陶俑。但是，那对那么丰硕那么沉甸甸的突出而不下垂的乳房，以及有着缎子一样质感的暗褐色的健康皮肤使这个女性躯体闪现出夺目的光芒。

蓝工装抚摸那缎子一样的皮扶，亲吻那对乳房，这时，央金像一只母兽一样被快意挟持，喘息就像野兽发怒时低低的咆哮。

就在这时，爆破声此起彼伏地响了起来。

在他们周围，不时有被逼近的大火弄得十分警觉的动物奔逃而去。蓝工装受到惊吓，央金紧紧把他搂住，他的脸就深埋在了她浑圆的双乳之间。先是几只猴，从头顶的树冠上飞越而过，接着是慌张的野兔和林麝，然后，是一只猞猁，和一头临产的母鹿。林子里应该还有更多的动物在慌张奔逃，但央金只看到了这一些。

央金的手松开了男人的脑袋，伸到了男人的裤子里，握在手里的东西，是那样的坚挺、滚烫。央金惬意地叹息一声。但随即，她手里握着的东西，一下就软了。她睁开眼，看见一头熊正从他们上方，从容地缓缓而行。男人一直都懒洋洋的眼神这时是真正紧张起来了，但下面却湿乎乎地松软了。

熊走几步，看看这对男女，再走几步，又懒洋洋地打量一下这对男女。这只熊一只耳缺了一块。两人相交以来，一直都是那男人居高临下,但现在,这个城里来的男人却被熊吓坏了。这时,央金轻松地笑了:"你不要害怕,这是格桑旺堆的熊。"

这头熊已经数度与村里数一数二的猎人格桑旺堆交手,缺掉的半拉耳朵就是他们交手的纪念。就凭这个,机村每一个人都可以认出它来。机村人都相信,当这样一头熊,与一个猎人数度交手后,就会像英雄相惜一样念念在心,对别的人就没有任何兴趣了。

央金拍着蓝工装的脑袋说:"不害怕,这是格桑旺堆的熊。"

"我们还是离开吧,这里不安全。"

他眼里令央金着迷的懒洋洋的神情被紧张所代替,颤动的喉结传达出他内心的恐惧。央金把手从裤子里缩回来。她把手举到两个人的眼前,上面黏糊糊的液体,说明他的雄鸡在吓缩了脖子的同时,把那点使他无故激越的东西吐出来了。

这个自感优越的白面男人,脸一下红到了耳根,低下头说:"走吧,走吧,这里不安全。"

但接下来的问题是,他引领这个笨拙天真的异族姑娘,把前戏玩得如醉如痴,即便央金这时已经清醒过来,在这暗无天日的森林里也不辨东西了。所以,他们走出树林,看见大片天光的时候,却没有见到他们分队的人。砍伐的声音,爆破的声音在远处激荡。

当直泻无碍的天光笼罩住他们的时候,跟林子里不一样的寂静同时将他们笼罩住了。这巨大的寂静让他们一下止住了脚步！一大片湖水，就在他们眼前微微动荡，不要照耀，也能在自身梦一般的漾动中微微发光！

央金没有来过这个地方，但这个地方已经在机村人一代又一代的描摹中，使每一个刚听懂话不久的孩子都已烂熟于心了。

是的，这就是那个传说栖息着一对金野鸭的色嫫措。

带着妖魅气的色嫫措是机村的神湖。

太阳模糊的轮廓落在湖里，湖水闪着一点点金光。央金捂住了自己的嘴巴。她以为自己真的看见了传说中的金野鸭。过去，他们这些反对封建迷信的年轻人曾经拿这对传说中的鸭子与老年人说事。

央金自己就挺胸出来问过："你们说金野鸭，金野鸭，请问是指金色的野鸭还是金子的野鸭？"

她知道自己这个问题问得非常机智，所以，在她倾慕的机村先进青年领袖索波面前，兴奋得两腮绯红，眼动星光。

人家的回答是："当然是金子的野鸭。"

央金大笑着继续发问，眼睛却急切地朝向索波："金子那么重的东西会飞起来吗？那不是鸭子，是飞机！"

但她到底还是一个机村人，一旦置身于这种自然环境中，一旦置身于这种不是靠别人灌输的思想，而是靠自然启示说话的时候，不要任何理由，她就已经相信金野鸭是真的存在了。她紧紧地抓住了蓝工装青年的手："嘘，小声！看，保佑我们村的金野鸭！"

"哪里？"

她短促多肉的胖手指向了湖中黯淡太阳的影子。

蓝工装笑了："你们是把太阳叫做野鸭吗？"

一旦脱离开了依靠本能的情景，回到需要智性对某件事物进行判断的状态下，这个男人的自信与优越感立即就恢复了，他说："你的汉话不行，我又不懂你们的语言，所以，我要问你，你们是把太阳的倒影叫做野鸭吗？"

央金摇头。

"对，你们的语言虽然单调，也不至于把这不相干的事物拉扯到一起。那么，你们真的认为它就是……就是……"蓝工装脸上的表情变得生动丰富，他伸开双手，做出拍打翅膀的动作，从雪白衣领里伸长了颈子，模仿鸭子的声音，"这个东西，鸭子。"

央金又被这个恢复了生气的人迷得目光虚幻了，只剩下拼命点头的份了。

蓝工装指指天空阴云与烟雾后面的太阳隐约的影子，又指指湖里的倒影，说："明白了吗？"

央金明白了，而且，立即就为自己那片刻的不先进，片刻间就被封建迷信迷住心窍而惭愧了。

两个人围着湖边走了一圈。湖水静悄悄地敛息不动，只有湖中太阳模糊的倒影，相跟着，也在湖里绕了一圈。

他们来到了湖的出口，溢出的湖水越过自然生成的堤岸，从脚下的山崖上飞垂而下，绿玉般的水一路落下去，落下去，在崖壁的巨石与孤树身上碰成白雾一片。站在湖水出口处的崖顶，铺展在群山间的机村谷地尽显眼前。从这里，还可以见到正在逼近的大火。白天，不像夜晚看得见那么多的火光，火头推进处，只见烟雾迷漫。风一会儿把烟幕高高堆起，一会儿又将其一下推倒，吹拂着四处飘散。而在悬崖下面，撞得粉身碎骨的水重新汇聚起来，穿过山林，顺着沟谷向着山下流淌。溪流所经之处，正在设计出来的防火道上。从湖边望下去，防火道基本成形，而往上，从这湖泊以上，还有好几百米才到雪线，这里，还一棵树木都没有动过。这一段，林子虽然稀疏了一些，但都是树皮树干中包含了更多松脂的冷杉，想必大火过来，烧起来更加快速便当。

蓝工装突然一拍脑袋，说："有了！"

他从悬崖边往湖边走，一边走，一边数着自己的脚步。走到水边，他用命令的口吻对央金说："你走过来，不对，太快了，回去，慢一点,一步一步走过来,好! 开始!"

这个人懒洋洋的时候,身上有一股魔力,让女人不能自已。现在,他显得紧张而决断,焕发的魔力同样不可抗拒。央金昏昏然依令而行。走到湖边时,她差点就靠在了这个男人的怀里。但他把她扶住了,说:"好,你的步子是八步,我的步子是七步! 有办法了!"

他从工装口袋里掏出笔,同时掏出一封皱巴巴的信,他抽掉信纸,把信封拆了,翻出来,很快写下一篇字交给央金:"现在,我要交给你一件任务,赶快下去,找到老魏,他明白该怎么做。"

"那你呢?"

"我饿了,再说,走山路,你快。我在这里等,见了我的信,那些大人物他们都会乖乖地上这里来!"

央金领命上路,回头看时,这家伙已经倚着一棵巨大的桦树,躺在松软的草地上了。

14.

一离开那个蓝工装,央金就清醒多了。

对于清醒过来的央金来说,在林子里行走,就像是自己在自己心里行走一样。一进入林子，光线就黯淡下来。那些若隐若现的小径在她眼中都清晰无比。这条小径与那条小径会合之处，或者说，是脚下的小径又分出新的小径的地方，她只稍稍停留一下，就做出了正确的选择。老辈人说过，在这样的时候，可以问草，也可以问停在树上的鸟。她确实看见了草，也在停留的时候，看到了很端庄地停在树枝上等她发问的鸟。但她什么都没有问，就做出了正确的选择。这一路上，她奔跑不停，额头上，身上都沁出了细细的汗水。这些汗水把她肌肤的味道带出来，连她自己都觉得，这里山林里头野兽身上才有的那种生动的味道。她呼哧呼哧大喘着气奔跑、跳跃，浑身发热的时候，就脱下了外衣。她忘记了，里面的小衣已经在刚才的游戏中被蓝工装剥掉了。她把外衣提在手上，赤裸着上身，饱满的乳房在身上跳荡不已。

她觉得内心轻盈，像一个林中的精灵。但她那么肉感的身子，看上去更像一个刚刚成年的小母兽。

她都没有想到那么快就遇到了老魏。那是在一片林中草地上，她什么都没有觉得，就冲进了林中草地，奔跑的人关注的只是脚下若断若连的蜿蜒小径，而不是两边的风景。她只觉得一下就闯进了一片炫目的光亮中间。然后，是很多人一声惊叹，像一堵透明的墙陡然而起，立在她面前。

她看见了草地中央那些身背重负的人，看见了一张汗涔涔的脸，看见了他们惊异的表情。这种表情，让她一低头就看见自己饱满的乳房。她惊叫一声，双手捂在了自己双眼之上。

央金就这样惊叫着冲进了人群才收住了脚步。

老魏和他的人都转过身子，把眼睛望向天空。

机村的人们却开心大笑，然后，央金自己也大笑起来。直到格桑旺堆说："笑够了，就穿上衣裳。"

央金才把衣裳穿上。

格桑旺堆说："好久都没有听到这么开心的笑声了。好姑娘为何而奔忙。"话说到一半，格桑旺堆用的已经是机村人十多年没有再听过的藏戏里带韵的文雅腔调了。

但央金不懂得这个，她又喘息了一阵，喘匀了气又吃吃地暗笑了一回，才说："那个人派我给老魏送信。"

老魏表情本来就一本正经，读那信时，脸上的神情变得更加严肃。看完，他挥动着信纸，在草地上踱了几步，又把信看了一遍，脸上的表情更加阴沉，说："央金，格桑，你们陪我赶快下山。其余人原地待命。"

下了山，老魏又说："央金，你原地不动，待命，等我叫你。"然后，就和格桑旺堆钻进帐篷里去了。

148

央金说："我要喝水去。我口渴。"

"你，还有汪邦全工程师，干了一件大事，所以，你不能动，等着。听见没有，等着。"

她说："我们是两个人，不是三个人。"

老魏不耐烦地说："什么两个人三个人，傻姑娘，等着吧。"转身就拉着格桑旺堆钻进指挥部帐篷里去了。

央金掐着指头又算了一遍，汪邦全工程师，六个字，汉人名都是三个字，六个字不就是两个人吗？她想想也就明白了。因为看来这件事是好事，所以，老魏把他自己的名字也算上了。但想想又糊涂了。老魏，老魏，他的名字是两个字，那么那个人是谁呢？

不一会儿，里面果然出来人传她进去。进去还没有站定，铺着地图，放着电话的大桌子后面，那个领导抬起头来，亲切地笑了一下："你就是那个送信的女民兵吗？"

格桑旺堆一脸笑容说："是，她叫央金。"

领导说："哦，央金，是你送的信吗？"

央金拼命点头。

"这信是谁写的？"

央金脸红了，有些扭捏地说："他。"

"他？"

老魏赶紧站出来："就是汪邦全工程师。"

央金赶紧说："不是两个人，是一个人。"

领导想想，明白过来，哈哈大笑，说："好，好，小姑娘很单纯很可爱嘛。"然后，就把脸转向了格桑旺堆，问："那个地方真有一个湖吗？"

"有。"

"好，那就依汪工程师的建议，炸了它！兵来将挡，火来水淹！好计！咦，工程师怎么在伐木队里？"

"反动权威，打倒了。"

领导挥挥手："这个人我知道，新中国自己的大学生，有什么错误也是人民内部矛盾，现在，我宣布，这个人火线解放！"

老魏抓住机会："我也是人民内部矛盾。"

领导背着手沉吟了一阵，话却很有分寸："我们注意到你这一段工作主动，表现不错。"领导又指着格桑旺堆说，"对你的处理可能重了一些，但你要想得通，要总结经验教训。"

格桑旺堆嗫嚅半晌："你们是说，要把那湖炸了？"

领导用指关节敲着地图，没有回答。

"不能炸啊，那是机村的风水湖，是所有森林的命湖。这湖没有了，这些森林的生命也就没有了。"

领导一拍桌子："什么鬼话！下去！"

格桑旺堆不动，老魏去拉，他还是不动，好几个人一齐动手，把他推到帐篷外面去了。

老魏小心说："机村人就是这样认为的，消息传出去，他们可能会……"

"可能会，可能会，可能会什么？专政工具是干什么的?！你还是派出所所长，说出这种话来的人，能当派出所所长吗?"老魏低下头，不再多嘴了。接下来，领导宣布，依照汪工程师的建议，所有打防火道的队伍，上移到湖泊以上的地段，马上成立前线指挥所，地点就在爆破实施点。领导自己亲任前线指挥所的指挥长，央金的蓝工装是前线指挥部的副指挥长，老魏任联络员，领导说，"等等，还有本地那个民兵排长，也是联络员，机村人再神啊鬼的，出了问题，我就找你们两个是问！"

格桑旺堆出了帐篷，却不敢离开。但人们风风火火行动起来的时候，早把他忘记了。只有央金走到他身边，说："我看见你的熊了。"

格桑旺堆叹了口气，说："看来，我跟它，我们这些老东西的日子都到头了。"然后，他头上的汗水慢慢渗了下来。肚子里，什么东西又纠结夹缠在一起，疼痛是越来越频繁了。他说，"我估摸着,它该来找我了。"

肚里的那阵绞痛又过去了,格桑旺堆这时却很想说话,而央金恰好又在身边,于是他说:"知道吗？多吉死了。"

"多吉不是抓走了吗？"

"他回来了,可是他死了。"

"你看见他了？"

"我看见他回来,那时他还活着,他说他要救机村,后来就没有再看见他了。"

"你没看见他死？"

"没有,但我知道。"

"你没有看见,就是不知道。"

格桑旺堆说:"是啊,也许他还没有死,只是要是死了呢？"然后,他就神情恍然地走开了,央金呆在原地不动,所以接下来,他咕咕哝哝说些什么,她都没有听见。他说:"也许他还留着最后一口气,等着机村有人去看他一眼,也许,他睁着眼睛没有闭上,等着机村的乡亲去替他合上。那个人就是我了。也许,我的熊还等在那里,它会说,老伙计,林子一烧光,我就没有存身之地了,只好提前找你了结旧账。"

格桑旺堆就这么一个人咕咕哝哝地念叨着,恍恍惚惚地迎着大火烧来的方向出村去了。

与此同时，从指挥部里分出一干人，结成大队，带上电台、地图、军用帐篷、马灯、手电、信号枪、步枪、冲锋枪、手提喇叭、行军锅、粮食、罐头，往色嫫措去了。同时，口哨嘤嘤吹响，红红绿绿的三角旗拼命摇晃，一支支队伍也接到了最新命令往湖泊上方转移。片刻之间，除了指挥部里的电报机还在嘀嘀嗒嗒响，几个大灶头上，还炉火熊熊，平底锅里翻出一张张烙饼外，闹热了好多天的机村，机器轰鸣、人满为患的机村立即变得空空荡荡。风，旋起一股股尘土，吹动着五颜六色废弃的纸张，在帐篷间穿行。有时，风还在帐篷里出来进去，进去出来，使帐篷不断鼓动，发出的声音，好像一个巨人在艰难喘息，或者是一群巨人同时此起彼伏地艰难喘息。

央金跟着大队上山时，还回过头，往村口那边看了看。她没有看见格桑旺堆的身影，心里掠过一点隐隐的不安。但队伍里激越的气氛，很快就感染到她。她的心兴奋地咚咚跳动起来。更何况，领导还把她叫到身旁，问她关于湖泊的情况。

领导说："那个湖里应该有很多水吧。"

她说："很多很多。"

领导问："湖里有鱼吗？"

她摇摇头，说："我不知道。"

"那你听人说过里面有鱼吗？"

她还是摇摇头："都说里面有一对金野鸭,保佑机村和森林的金野鸭。"

老魏扯一扯她的袖口："这是封建迷信!"

领导说："对,这是封建迷信,新时代的青年不能相信这个。"

央金挺挺胸膛,说："我向毛主席保证,破除封建迷信!"

山路越来越陡峭,领导只能呼哧呼哧地喘气,不再说话了。领导一不说话,央金就想起传说中湖里的金野鸭,心里就觉得有些害怕。刚刚提高了一下的觉悟,立马又降低了。

半路上,遇到索波带了村里一帮行动利索的年轻人来接应,把所有人大包小包都放在了自己的背上。领导喘得说不出话来,用力拍拍索波的肩头。索波就雄赳赳地走到队伍前面去了。

央金追上了他,问："湖里真的没有金野鸭吗？"

索波翻了她一眼,没有回答。

央金再问,索波说："你见过吗？我没有见过。"央金觉得索波讲出了一个很大的道理,被另一个男人引走的柔情又回来了,她放低了声音说："要是真有野鸭,全村的人就恨死我了。"

索波从牙缝里逼出飕飕的冷气："你害怕了？你要是害怕,就母狗一样撅起屁股让他干就是了,带那个杂种到湖边去干什么？"

央金都要哭出来了。

但索波还不肯放过她："那个人那么干净,你是不是觉得要把自己洗干净了才配得上他?"

央金的泪水立即就涌出了眼眶,但索波依然穷追猛打："大火一过,这些人都会离开,那个人答应了带你离开吗? 要是没有,你这样的下贱货,在机村是没有人要了。"

央金就这么一路哭着到了湖边。这时,她都要骂自己是一个贱货了。她一看到蓝工装,就赶紧给他铺排吃的。这个男人一看就是不经饿的,她怕这个白净脸的男人已经饿坏了。

她这么忙活的同时,也感到背心发凉,不用回头,也知道索波用怎样的眼光看着自己。更让她心里发凉的是,从始至终,蓝工装都没有正眼看他一下。吃完东西,他一拍双手,把食物的碎屑,还有一个姑娘美好的情意都拍掉了。他看看她,对索波说："这里的事情她也插不上手,还是派她到原先的队里去吧。"

央金离开的时候,眼里旋转着泪水。索波要过她,但没有喜欢过她。从前她跟村里别的年轻人相好的时候,甚至她跟一个给万岁宫拉桦木的卡车司机相好时,索波都毫不在意。所以,她永远也不明白,为什么他对眼下的事情却这么在乎。她更不明白,蓝工装对她变脸,只是在这转眼之间。她回过头来,不知道想再看一眼的是这两个男人中间的哪一个,但泪水迷离,她连一个都没有看清。

如果湖水里的金野鸭是一种美好向往,那她心里的金野鸭不知怎么也已经远走高飞了。

现在,她相信湖水里曾经有过一对金野鸭,也相信,这对金野鸭,也在机村人最需要它们佑护的时候,真的悄然飞走了。

15.

一路走去,格桑旺堆遇见了很多逃命的动物。

他这才想起,自己没有带上猎枪。但再想想,他自己就笑了。大火正逼近过来。灼热的空气熏得森林好像自己就要冒烟燃烧了。鹿、麂子、野猪、兔子、熊、狼、豺、豹,还有山猫和成群的松鼠,都在匆匆奔逃。它们都成群结队地从他身边过去了。过去,一个猎人出现在林中,所有动物都会有所警觉,但在灭顶的洪水一样逼近过来的大火面前,一个猎人就不算什么了。更何况,这个猎人神情恍惚,而且没有带枪。种类更多的飞禽们,却不像走兽那样沉着,它们只是惊慌地叫着,四处奔窜。刚刚离开危险的树林,来到空旷地带,又急急地窜回林中去了。因为,无遮无拦的旷野,给它们一种更深重的不安全感。

格桑旺堆想，也许会碰见自己那头熊。但那头熊没有出现。他这才想起胖姑娘央金告诉过他，那熊已经走到防火道的那一边去了。格桑旺堆笑了，说："真是一个聪明的家伙。"他下意识摸了摸那熊在他身上留下的抓痕，眼前浮现出那半拉耳朵的老朋友，在林中从容不迫行走的样子。

他又说："你还在，但多吉不在了。"

这么说的时候，他已经离多吉隐身作法的山洞很近了，所以，他真的感到多吉已经死了。

他的感觉没错，多吉在死亡降临机村之前死去了。

就在山洞口上的那点平地上，江村贡布喇嘛架起了一个方正而巨大的柴堆，被盘成坐姿的巫师高坐在上面，脸上盖着浸湿的白纸。白纸下面，巫师眉眼的轮廓隐隐约约显现出来。从这样的轮廓看不出死人最后的表情，所以，格桑旺堆等于是没有听到他发表对这个世界的最后看法。当然，只要揭去这张白纸，他就可以看到多吉最后是怀着怎样的心情和这个世界告别的。但这张白纸是一个禁忌。这是一个破除禁忌的时代。不能砍伐的林子可以砍伐，神圣的寺院可以摧毁。甚至，全体机村人都相信可以护佑一方的色嫫措，他们都可以炸毁。所以这些禁忌都破除完毕的时候，旧时代或许就真的结束了，落后迷信的思想也许真的就消失了。

格桑旺堆对江村贡布说:"谢谢你。"

"谢谢我什么?"

机村没有人不知道,江村贡布喇嘛一贯自诩出身于正宗的格鲁巴教派,从来都把巫师一类人物视为旁门左道,水火不容。"谢谢你肯屈尊为他超度。"

"不存在什么屈不屈尊了,现今的世道,我与他一样,早已失了正派身份,堕入了旁门左道。唉,今天,他走,还有我惺惺相惜,前来相送,我走的时候,可是连护度中阴,早入轮回的经文都听不到一句了。"

"我没有来得及看多吉最后一眼……"

"我也没有听到他最后一句话,但我相信他的脸,他去的很是平安吉祥。"

而在格桑旺堆想来,这个名字就叫金刚的人,如果真是一个金刚,那也是个愤怒金刚。他看着他在这个小村庄走过一生,想起他的任何时刻,都联想不出这个人脸上一派平和吉祥是个什么模样。

江村贡布这时换上了喇嘛庄严的派头,用训喻的口吻说:"这便是变化之规,一切纷乱向着秩序,一切喧嚷向着静默,一切爱恨情仇,向着寂灭的庄严。再说,你看,他的头。"多吉果然是一个和尚头。格桑旺堆知道,他一头纷披的长发是在监狱里按照牢规剃

158

掉的。

江村贡布笑了，说："既然有人帮我把他剃度了，我就不怕麻烦再替他好好收拾了一番。"

格桑旺堆这才注意到，他真的把净头的铜盆和剃刀都搬来了。事情不止如此，这个江村贡布，把当喇嘛时的全套行头都搬来了。全本的《度亡经》，全套的法器，质感厚重的紫红袈裟。

想起巫师这样一个藏族人中少有的敢于公开蔑视佛门的人，就这样被剃度了，格桑旺堆不禁身上发冷。刚才江村贡布那一番话和那套久已不见的行头让他生起的敬畏之心没有了。他有些愤怒，说："他们在监狱里剃他的头，那是他们的事，但你不该对多吉这样！"

江村贡布毕竟不是真的喇嘛了，格桑旺堆一生气，他还真的有些害怕了："我让他光光鲜鲜上路，不好吗？"

格桑旺堆真的感到心里发冷。说到底，这些喇嘛和工作队，和老魏这样一些人又有什么分别呢？他们都是自己相信了一种看不见摸不着的东西，就要天下众生都来相信。他们从不相信，天下众生也许会有自己想要相信的东西，天可怜见，他们相信自己心里的东西时，还会生出一点小小的喜悦。一前一后，这些人，都是要把这个世界变得一模一样。所以，他们都说毁灭即是新生。而不是真实世界让人们看到和相信的生中有死，死中有生。所以，当大火烧过来的时候，江村贡布内心其实是高兴的。看他有些疯狂的眼神就知道，他那其实有毒的心灵在歌唱："毁灭了！毁灭了！"

他在不同的人，比如索波的眼中，还有一些天真的孩子的眼中，也看到了这种歌唱般的神情。只不过大灾当前，他们只是拼命压抑着这心中的歌唱罢了。想到这里，格桑旺堆提高了声音："你们为什么盼望把什么东西都弄得一模一样！这样的想法让你连一个死人的脑袋都不肯放过！你们高兴吧，大火来了，把什么都烧光，树林再生长出来，是不是都要像经文里说的，躯干像珊瑚、枝叶像祥云，除此之外，连树也不会再有别的模样！"

在这瞬息之间，格桑旺堆感到紧闭的脑子上一道门打开了，透进了天光。他这么一思想，至少明白了自己。这么多年，他都在做人家要求他做的先进人物，就像是要他长成一棵躯干像珊瑚、枝叶像祥云的树一样。而早在此之前，他在机村的水土中，已经长成自己的模样了。他最终被逐出了先进人物的行列。沐浴着新时代风雨成长起来的年轻人才能真正成为时代需要的人物。他还以为，前进不了的人，被时代淘汰下来的人，就只好回去，回到以前，把身躯重新匍匐在菩萨面前。刚才，江村贡布喇嘛用宣喻的口吻说话的时候，他就差点匍匐在地上了。但现在他明白，他也不会再变回一个虔敬的佛教徒了。

这一天,这一个时刻,格桑旺堆差一点就成为了机村历史上机村级别的思想家。

但这个时代,怎么会在一个蒙昧的偏僻乡村里造就这样一个人物呢?

所以,当江村贡布说:"格桑老弟你不要生这么大的气,我把多吉剃度了,同时,我也发了誓,活着一天,就要替他蓄起长发!"

这一来,泪水一下冲上格桑旺堆的眼眶,滚烫地转动,他头顶上透进一点天光,那门就悄然关闭,世界又是千头万绪的一片混沌了。

格桑旺堆又看了看柴堆上高高盘坐的人一眼,说:"什么时候举火?"

"这时举火,你想当纵火犯吗? 你想成为另一个多吉?"

格桑旺堆摇摇头,江村贡布说:"那大火必然要烧过来,那样,整个森林都算是为他火葬了。你见过这么壮观的死法吗?"

格桑旺堆忽然心生羡慕,想到这个人的躯体端直庄严地坐着,整个森林都在他四周欢笑一般呼呼燃烧。他肯定在天上的某一处,看着留在世间的皮囊矮下去,矮下去,而烛天的火焰欢呼一般升起来,升起来。然后,月起灰冷,风一阵阵吹过,一个人在这个世界上从此无踪无迹。

两个人，又绕着柴堆转了几圈，然后，双手合十，举到胸前，与他作别。

回村的路上，好些年来都步履蹒跚的江村贡布走得十分轻松，他说："你马上去找老魏，报告，找到他们的逃犯了。"

格桑旺堆也觉得步履轻快："但是他已经死了。"

江村贡布停下脚步，严肃了表情，说："这样，你或许可以官复原职。"

格桑旺堆笑了："你们不是都讨厌我吗？"

"有些时候，你的确十分讨厌，但我相信，大家都会说，这个坏人领导我们，比索波那个坏人领导我们要稍稍好上那么一点点！"

一路上，他们都看到，溪流浑浊了，所有浑浊的溪流都在上涨。还是春天，溪流已经是夏天的模样了。大火正在迅速融化山顶的积雪。这时，两个人都感到从背后推着他们往前走的热风消失了。倒是一股清凉之气扑面而来。风又转了一方向，从雪山上扑下来，再次迟滞了步步进逼的火头。

16.

色嫫措以上的冷杉林长得相对稀疏,木质也不如下半部山林里的云杉、铁杉以及阔叶的桦树、栎树和鹅掌楸、山麻柳那么粗壮,间杂其中高山杜鹃木质更加松脆,粗不过碗口,砍伐起来,十分容易。

虽然那风只回头了多半天,湖泊以上的防火道在大火到来之前,如期完成了。指挥部并不担心下面。色嫫措到山坡边那七八步宽的堤岸底下,斜着打进去了一个洞子,整箱整箱的炸药直接填了进去,电线从里面牵出来,直接连到了一台小小的机器上面。只等大火一到,机器上的机关一动,湖里的水就会决堤而下,一切就大功告成了。

转了向的风,吹开了天上的乌云与烟雾,暖洋洋的阳光重新降临到大地上。

前线指挥部一派轻松的气氛。大家都心情愉快,坐在阳光下,吃干粮,喝茶聊天。还不时有人起身眺望远处的大火。大家都长吐一口气,巴不得那大火早点烧过来,然后,就可以离开这个鬼地方了。

蓝工装更加轻松自如,他居然只穿着一条裤衩,拿着块香皂下到了湖里。虽然冰冷的湖水不断让他从湖水里跳起身来,但他只在太阳下稍稍暖和一下,就又下到湖水里去了。

与这轻松气氛不相容的只有两个人。一个是索波。他早已习惯了时时处处使自己显得重要。但是,大火的危险一消除,他就因此没有用处了,他在这些人的眼里就显得不重要了。领导再来拍他的肩膀的时候,下达的是这样一个任务,说:"有些事情,你还是要管一管,不要对你的村民放任自流。"

村民们吃饱了东西,正在光天化日之下大肆偷窃。什么时候起,机村的百姓就变得如此贪婪了呢?他们已经偷偷地搬回家了很多吃的东西,即便如此,他们还在继续把可以入口的东西揣进宽大的藏袍里。一般人很难想象,这些藏民,能在袍子里藏进那么多的东西。除了吃的东西,他们揣进怀里的还有短把的斧头、手锯、锉刀、手电筒、马灯、半导体收音机。好多人把宽大的袍子里都塞满东西后,差不多一动也不能动了,就坐在原地,看着每一个人呵呵地傻笑。

有一个家伙,居然趁人不备,钻进帐篷把电话机也揣在了怀里。他刚刚钻出帐篷,电话机便响了。所有的人都捧腹大笑。这个人把电话机从怀里掏出来,放在地上,细细端详,直到有人过来,把他推开拿起了电话,他才遗憾地摇摇头,十分不舍地走开了。

更为喜剧的是,蓝工装下到湖里洗澡,把一个白白的身子搓得通红,嘴里惬意地哼哼着从水里出来时,发现脱在岸上的衣服不见了。

人们再次大笑。

但索波却气得浑身哆嗦,他说:"丢脸,丢脸,太丢脸了。"他说,贫下中农在工人阶级面前把脸都丢尽了。

胖姑娘央金一直都跟在基本原谅了她的索波屁股后面,心里不无委屈地应声说:"真是丢脸,真是太丢脸了。"

但看见蓝工装身体通红站在湖边找不到衣裳,她的脸一下就白了。那些人只是大笑,没有一个人送件衣服给他。这时,蓝工装的身体就由红转紫了。虽然蓝工装出了那么大的一个主意,但央金看得出来,包括老魏在内的那些人,并不真正喜欢他。人们很高兴他从一个足智多谋的英雄变成一个笑料。而且,蓝工装因为怕冷而在湖边蹦跳的时候,脚又被一块锋利的砾石扎出了一道长长的口子。蓝工装从脚上摸到了血,举着沾血的手,大叫起来。

这个转眼之间就骄傲起来,冷若冰霜的男人,现在,只是一个受到惊吓的胆小的大男孩了。

央金饱满的胸膛下,一阵暖意冲撞,泪水立即哗哗流出了眼眶。她从一个人身上抢下一件军大衣就跑过去,张开大衣,紧紧地把这个受了冻,更受了惊吓的男人紧紧抱在怀里。她自己紧闭着双眼,沉醉了一般,说:"不要害怕,不要害怕。"感觉这个男人就像一个婴儿一样,在她的怀抱里了。

耳边传来一阵更厉害的哄笑。

她睁开眼睛,就知道自己再次错了。无端冲动的爱意让她做出了令自己更加难堪的事情。

睁开眼睛,她就明白,这个世界,除了不可救药的自己,没有一个人需要拯救。她的身体也远没有她心中的爱意那么高大宽广。她张开大衣冲过去,只是到蓝工装腰部以上一点点,大衣也只围住了顾长的双腿,倒是她矮胖的身子难看地吊在那人身上。

蓝工装清醒过来,一把就把央金推开了。他穿好大衣,走到帐篷门前,又恢复了自信的神情,大叫一声:"卫生员!"

卫生员拿出药水与雪白的绷带为他包扎伤口。他端坐在那里,微微皱起眉头,目光越过所有的头顶,游移在远处的什么地方。羞愧难当的央金,无论如何也没有勇气从湖岸边站起身子,走到人们视线底下来了。

索波哆嗦着嘴唇,气得说不出话来。

还是张洛桑怀里揣着沉重的赃物,慢慢挪过身来,对他说:

"队长,叫女人们回去吧,洁净的神湖边上,女人不能久待。"

索波伸出手指:"你,你还在,还在胡说什么神湖!"

"他们眼中,这个湖不是神湖,所以,他们可以炸它。但在我们眼中,它还是神湖,不能让不洁的女人玷污了,还是让她们走开吧。"

索波咬着牙说:"好吧,叫她走,免得在这儿帮不上忙还添乱!"

队伍里女人不多,只等他这句话,便扑到湖边,拉起央金,小跑着离开了湖边。转眼之间,身影就遁入林中看不见了。这时,大家都听到了央金摇曳而起的哭声。

这母兽咆哮一样的哭声里,蓝工装刚刚恢复正常的脸色立即就白了。

索波也像被锥子扎破了气囊,咝咝漏完了气,慢慢蹲下泄了气的身子。

所有的人都被这伤心绝望的哭声震住了。而在哭声止住的时候,远去女人的美丽而悲情的歌声在林中响起:

> 我把深情歌声献上的时候,
>
> 你的耳朵却听见诅咒;
>
> 我把美酒献上的时候,

你的嘴巴尝不出琼浆；

我的心房为你开出鲜花的时候，

你却用荆棘将我刺伤。

下午的阳光，落在湖上，转了向的风吹动了湖水，所有人都满眼金光。

听着这歌声，老魏深深叹息。索波站起身来，一步步走到蓝工装面前，手就紧压在腰间的刀上。蓝工装嗫嚅着说："我怎么会想到她这么认真呢？要是早知道她这么认真，我就不会去招惹她了。"

老魏把索波拦腰紧紧抱住，嘴巴却在他耳边轻轻说："这么关键的时候，你怎么可以这样，不要前途了吗？"这样的话真是管用，索波的身子立即软了下来。老魏又对领导说："这样做法，严重影响藏汉关系，工农关系。"

领导厉声说："随意冒犯少数民族兄弟的风俗习惯，你要深刻检讨！"

事情提到这个层面，蓝工装心里的愧疚便消失了，只觉得一身轻松，有些油腔滑调地说："是，我检讨，深刻检讨。"

下午的山风吹在身上很有些凉意了，领导等得不耐烦，说："既然我们都做好了准备，大火最好在天黑前过来。"

168

这时,离天黑最多还有三个小时,看看远处的大火,反倒不像往常那样咄咄逼人了,这时,正从容地爬上对面的山冈。看那样子,一定是要磨蹭到半夜才肯到达。

老魏说:"你怕的时候,它急,你真做好了准备,它倒慢下来了。"

蓝工装又检查了一遍装上炸药的洞,和从炸药上引出来的线,说:"其实,它就是晚上过来,也没有什么。只是半夜里就看不见大水决堤,飞泻而下的奇观了。"

这段时间,本来比较沉默寡言的他,一直喋喋不休地说个不停。这么高的山上,本来就有些缺氧,他再这么不停顿地说啊说啊,自己都有些喘不上气来了。他知道自己不想停下来。他要从内心深处把对那个胖姑娘的愧疚之心赶走,忘掉。他听不懂那歌词唱的是什么,但他听得懂那曼妙歌声中的悲伤与绝望。他听不懂那词:

> 我的心房为你开出鲜花的时候,
>
> 你却用荆棘将我刺伤。

他听不懂那歌词,那歌声照样荆棘一样将他刺伤了。他一个劲说啊说啊,终于弄得所有的人都逃离了,只有一个大好人老魏还留在他身旁。他说:"不是说这些人他们都是随随便便睡觉的吗?我只是跟她开开玩笑,摸了她几下。"

老魏是这些人中间的山里通:"问题是她不是只想跟你睡觉,她对你动感情了。这些人我也弄不懂。他们真的可以嘻嘻哈哈乱开玩笑乱睡觉,但一动情,那真不得了,杀人放火的事情都干得出来!"

"明明是她在勾引我嘛。"

"可是汪工你自己也没有经得起考验嘛。你这样的人是要干大事情的,可是你们知识分子就是不容易经得起考验。"

这时,专案组那三条灰色的影子现形了。

在机村人多年后的传说中,这三个人是突然之间就获得了隐身术的。但在当时,他们只是十分坚定地投入到自己扮演的角色之中,所以,身上的光亮与色彩都一点点消退。人所以引人注目,靠的就是那种生命亮光与色彩。他们好像找到了身体内部的某个神秘阀门,轻轻一拧,生命的热力便低下去低下去,然后,就把自己变成了三个时浓时淡的阴影。执行跟踪与窃听任务时,那灰影几乎淡到看不见。到了某个时段,那种灰色就凝聚起来,变成人形,准时出现在领导身边,开始汇报工作进展。

现在,这三个人又现形了。

和往常一样，没有人注意到他们是从地上，还是从天上来的。总之，就像他们平时出现时一样，就那样一下就在人们眼前了。心里有鬼的人，一看到他们总会感到身上发冷，手脚发麻。但这一回，他们显形显得很鲜明实在。好像从此以后，就不再需要隐身潜行了。

这回，他们不是贴到领导身边悄声耳语，而是双脚并拢，举手敬礼，声音洪亮地说："报告！我们追踪到那个逃犯了！"

领导就喊："把这个反革命纵火犯带上来！"

他们脸上身上鲜明的色彩又开始往灰色过渡："报告，他已经死了！"

"活要见人，死要见尸，死人也要带来！"

"可是，可是，那个地方已经烧起来了。"

确实，大火早已点燃了那片林子，着火的林子又把江村贡布喇嘛布下的火葬柴堆点燃了。机村历史上，还没有人有整片林子都来为一个人火葬。这时，大火已经把那片林子烧成了一片焦炭。巫师多吉和那个烧得很透的柴堆变成的灰烬正在慢慢变冷。风打着旋，一撮撮地把灰吹散开来，又扬到天上。火从多吉盘坐着的身体下部往上烧，所以，他下面的部分被烧得干干净净，但头盖骨却完完整整的陷落在灰烬中，风把那些灰烬轻轻拂开，那曾被烧得滚烫的头盖骨就慢慢浮现出来。骨头遇风冷却,铮铮响着,开出一条条裂纹。像多吉那样的巫师,可以从这头骨的裂纹上,占卜未来的休咎。但他自己就是最后一个巫师了。不但那裂纹再无人来猜详,就是这裂纹起处,那金属般的铮铮鸣响,也只有空山听见。甚至空山也不能听见。因为满山火焰走过后,那么多的岩石都在遇风冷裂,都发出玎玎琮琮比小溪奔流还要好听的声响。

领导说:"这个人就这样逃过无产阶级专政的铁拳了吗?"

三个灰影贴上了领导的耳朵,四周的人只听见他们最后一句:"他们居然还给他送葬!"

"这两个坏人就交给你们了!"

"是。"

三个人又变成影子,隐入黄昏,消失不见了。

17.

然后,大火就燃过来了。

大火将到的时候,一直阴着的天幕上,竟然一颗一颗跳上来些疏落的星星。星星是种奇怪的东西,它们一出现在天空里,就引得那么多人都抬头去张望。在人们张望的时候,更多的星星好像受到鼓励,又一齐跳上了天幕。星星一出来,四野好像就安静下来了。

所以,一点点推进过来的大火终于抵达防火道的时候,就像巨浪撞到坚硬的石壁一样,轰然的声音,直捣人们的耳鼓与心脏。整条防火道上,人们都发出了欢呼。

就在那轰然一声中,大火翻过了最后一道低矮的山梁。有一阵子,高高的火焰只是狂舞着冲天而起,发出巨浪一般轰轰的声响。大火爬坡爬累了,这会儿要好好地舒展一下腰身。所以,才在山梁上狂舞了一阵,然后,一弯身子,顺着溪谷里的防火道扑了下来。

山顶的距离相对窄小,所以,大火先是扑向色嫫措以上的冷杉林。烧到防火道边上,火焰的浪头一次次想冲过防火道去,却都够不到对面的树木。一棵大树燃烧一阵就轰然倒下,溅起更明亮的火焰。偶尔,有风把火星吹到防火道对面,引燃一点枯枝与苔藓,也被在防火道这边严阵以待的人们就地扑灭。大火烧到湖边的时候,一棵棵燃烧的大树就从山崖上倒下来,落进湖里。不一会儿,湖里就像是开锅一样沸腾起来。许多无鳞鱼翻着肚子浮上了水面。在呛人的烟火味中,一股浓重的腥气弥漫开来。大火也把林子里最后一些野兽驱赶出来,满山乱跑,平常那些对人警觉万分的动物差点就奔跑到人群里来了。野兽奔跑出来，人们立即齐声发出恐吓的吼声，吓得野兽又反身往火海那边跑去。但那带着热力的风，又驱使着它们跑回来。人是聪明的，他们用水打湿了毛巾捂在口上，一有动物跑过来求一条生路时，他们就拿掉捂嘴的毛巾大声吼叫。终于，火舌伸过来，伸到了那些动物的身上，轻轻一舔，这些动物自己也就变成了一个旋动不已、哀叫不已的火团。

也有胆子更小的动物，在人与火之间来往几下，自己倒在地上，一命呜呼了。也有凶猛的动物，真就横冲直撞，硬生生从人群中冲过去，逃往生天里去了。

这一阶段的几个伤员，都不是被火烧伤，而是被野兽冲撞所致。

大火到来的时候，防火道上会有如此具有娱乐性的一幕上演是谁都没有料想到的。提供这种娱乐性还有林中的各种飞禽。林中的很多飞禽，有很多种类其实都不善飞翔。这时都惊慌地聒噪着，上升，上升，爬到了最高的树上，火头扑过来时，它们都展翅起飞了。火头带过来的气浪，让它们飞得比平常更高更轻盈。但它们没有本事一直往上直达天堂。在降落的过程中，火焰已经恶龙一样腾身而起，一下，就舔去了它们借以飞翔的羽毛，变成一团肉，直直地落到火海中去了。

湖泊下方茂密的针阔叶混生,乔林与灌木还有竹林混生的林带中,更大的火势逼到了防火道上。那是整个森林更富于生命力的地带,那里,有更多的走兽在哀号,更多的飞禽拼死一搏,做出此生中最后一次最高的飞翔。

领导的手挥了下去:"起爆!"

轰然一声。泥土、石块、湖水,还有湖水里的鱼都飞上了天空。有一阵子,人们的耳朵什么都听不见。只看见被火焰照得通红的湖水中央,起了一个漩涡。这个漩涡由小到大,由快到慢,把水面上密密的死鱼,甚至还有通明的火光都一下吸到了深处。这时,人们的耳朵才恢复了听力。听见漩涡深深吮吸的声音而感到毛骨悚然。但水并没有像人们希望的那样,以比大火更为猛烈的气势奔下山岗。

那个漩涡转动的同时,整个湖泊的水面都向下陷落了。

更多的水,十分神秘地消失在地下了。

而决坝而出的水流量并不太大。虽然临时又胡乱扔了些炸药包到缺口上,但也没有起到多大的作用。从以后的情形看,就是湖里的水全部都下去,恐怕也不能阻断大火。道理其实很简单,下面防火道上还有许多树高高地站着,而水下去,只会贴地奔涌,即便山势再陡峭,也不可能掀起几十米的树一样高的浪头。水决堤而出，轰轰然跌下山崖，像一条猛龙奔下山去了。大水遇到火头的时候，不是一下把火浇灭，而是把火头带着枯枝败叶一起高高抛起，火依然贪婪地大口吞噬，但再想落地生根时，就落在水上，灰飞烟灭了。更为壮观的是，大水的锋头不是咆哮的巨浪，而是浪头推动着、高举着大堆燃烧着的杂树，以比火还快的速度向着山下奔跑。

这个景象也进入了机村关于大火的传说。说是水神怕看不清道路，就强使了火神自己举着火把在前面领路奔跑。水神为什么能够驱使火神呢？机村人是不问这样的问题的。因为对他们来说，这个太理所当然了，因为这水是从色嫫措里奔泻而出的，虽然说，那对金野鸭已经不知所终了。

可以肯定的是，面对水火相搏的壮丽景象，人们都瞠目结舌，整座山上几千人都张开了口，就是没有发出一点声音。至少没有人记得自己或别人在那一时刻发出过一点声音。可惜的是，因为湖面神秘下降，狂泻的大水马上就要后继乏力了。但大火好像害怕以后人们说，它是等水势过去才重新得势的。所以，它在大水带着最初爆发的力量，威风凛凛地在树林下部冲刷涤荡时，还欲退还迎地挣扎着，帮着把大水灭火的场景上演威武雄壮，如梦如幻。与此同时，却分出身来，欢跃而上。当地面上火焰的根基被大水涤尽时，大火的身子已经腾挪到了树林高处，轻轻巧巧地渡到防火道对面去了。大水还在林子下面奔涌,吞没掉一片片火焰的时候,却有很多火苗攀到了林子的上面,脚踩一个个华美的树冠,漫步云间。招摇的火焰过身之处,把一个一个庄严的树冠,变成了一支支巨大的火炬,步态轻盈,身形飘忽。

就是这样,大火以人们未曾预见的方式,轻易穿越了人们构筑的防线。

所有人都变呆变傻了。

机村人从来没有想到过神湖会消失,但眨眼之间,轰然一声爆炸之后,神湖真的就消失了。他们当然也就想通了,为什么那对久居神湖的金野鸭会在一个早上无缘无故地突然飞走。

指挥部的人是因为没有预见到大火会如此这般轻易冲破大水的封锁。更加出人意料的是,没人想到湖底会出现那么巨大一个漏斗。

汪工程师脸色惨白,拉住身边的每一个人辩解:"要是没有那个漏斗,火头是过不去的。"

湖里更多的水,卷成一个巨大的漩涡,在尚未破堤而出之前,就神秘消失了。而且没有人知道这些水去了哪里。汪工程师知道是石灰岩的湖底塌陷了,水面也跟着塌陷下去了。但他需要一个更神奇的答案。也许,一个更神奇的说法才可能使他得到拯救。

所以他紧紧拉住了索波："告诉我,湖里的水去了哪里?"

索波是不懂得一点科学道理的。看到湖中出现那神奇的一幕,机村所有关于这个湖泊的神秘传说都在这个夜晚来到心头。他是先进青年,他不愿意相信那些离奇的传说。但他也面临这样一个问题,这些湖水到哪里去了呢?现在,湖水差不多流光了,只剩下一个黑洞洞的深陷的湖盆,烛天的火光落进去,也被悄无声息地吞没了,那幽深的黑暗里好多鱼,或者是一些看不见的神秘生物垂死扑腾的声音听上去让人心悸。

索波抖抖嗦嗦地说："我也想问你同样的话,我想你这样的人才会明白这其中的道理。"

汪工程师摇摇头,说："我不明白,我怎么就会明白偏偏这湖底会有一个大漏斗呢?"

指挥部的领导铁青着脸,看着越过防火道的火又从点到面,很快就拉开了浩大的阵势,向着比夜色更为幽深的原始森林漫卷而去,咬着牙说："你是真不明白还是假不明白?"

"我真不明白。"

"你明白!"领导高声叫道。

"我不明白。"汪工程师呻吟一般说。

"明白!"

"我真的不明白。"

然后,汪工程师就昏过去了。

"同志们,我们中了阶级敌人的缓兵之计。现在,他还想继续蒙骗我们!大家说,我们应该怎么办?"

照例,那个年代最常用的两个字从一些人的口里吐了出来。他们眼里张望着越烧越高的火头,握得并不太紧的拳头举起又落下,喊:打倒!打倒!

那个已经吓坏了的人早就倒在地上了。

稀稀落落的口号声喊起来时,专案组的隐身人又恢复了实在的形状。他们身上挎着硬邦邦的手枪,从裤带上拉下来一副亮澄澄的手铐,咔嚓一声,把昏倒在地的工程师铐上了。手铐一响,汪工程师就醒来了。他想自己爬起来,但铐住的手,不能帮他寻找支撑,结果,他被人拎着领口提了起来。他看看手上的铐子,反倒很快就镇定下来了。他甚至对着大家笑了一笑,说:"走吧。"说完,就径自向着下山的路上跌跌撞撞地去了。专案组的人从枪套里拔出枪,端在手里,跟了上去。这一刻,大家都看到,这几个的身影再也没有变灰变浅,以至你稍不注意就突然隐身一般消失不见。这会儿,他们彻底显形了,眼里射出洞悉一切的光,走动起来的时候,身体放出热气,每一道衣服皱褶都发出清晰的声音。他们押着汪工程师走出了一段,其中一个又反身回来,对领导意味深长地说:"这里发生的一切,我们都会如实向上汇报。"

领导连连点头,说:"当然,当然。"

等那人一转身,他就一屁股坐在了地上。领导脱下头上的绿军帽。大家都看到,一股雾气,从他头上蒸腾而起。

老魏叹口气说:"这下完了。"

索波也叹口气说:"是完了,这把火一过去,机村的林子,就彻底完蛋了。"

老魏笑了:"我说的不是林子,我说的是人,你还看不明白吗?"

索波想了想,说:"那个工程师他是罪有应得!"

"唉!看来你还是没有明白。"

索波再问,老魏却说:"我不想对你说什么,我信不过你。我可不想惹祸上身,你是机村的聪明人,你自己看吧,你会看明白的。"

在这通红的火光把四野照得比月夜还要明亮的夜晚,索波感到自己的脑子里也有雾气萦绕而起,本来清晰的想法,也慢慢模糊了。

他越来越觉得老魏这个人真不简单,正想同他再谈点什么,却见指挥部领导招手叫老魏过去，神情萎靡地说："我想听听你的意见。"

"下撤吧，接下来如何，只有明天看看形势再说。"

领导就挥挥手，说："好，下撤！"然后，就自己挂一根棍子，胸前吊着望远镜头里走着，下山去了。大家也迅速收拾了东西，随后紧紧跟上。路一转入山沟，黑暗便掩杀过来了。在上面，在高处，熊熊的火光耀如白昼，但那只是在高处的轩敞之地。而在这低洼的山沟里，依然是深重夜色的统领之地。而且，路都被决堤的湖水冲刷得一片泥泞，湿滑难当。更可恶的是，大水还把许多枯枝朽木冲到了路上，虽然，队伍里很多人都带着手电，但下山比上山还要艰难。当终于看到机村大片的灯火时，大家都长出了一口气。这里，是直泻而下的山沟里的又一处台地。大水在这里已经失去了力量，把从山上带下来的东西：石头、从地下翻掘起来的盘曲的树根、燃烧过又熄灭的树木的枝干、焦炭，甚至还有动物的尸体，通通都遗弃在了这里。而在这些堆积物的旁边，是一片被火光照得若隐若现的草地。

领导说："老魏，在这里休息一下吧？"

老魏就说："那就休息一下。"

没有人发布正式的命令，但大家都坐下来休息了。

这时,有夜风吹过,掠过沟里少许没有过火的树木枝头的时候,发出瑟瑟的低语。风刮过去,到了正在推进的火线那里,风猛然发力,火焰轰一声升腾而起,像一道闪电一样,明亮的光芒从各怀心事的人脸上掠过。火光一闪而过,把一个人的脸显现出来,又迅即地掩入了黑暗,使每一张脸都来不及清晰显现,就像每个人都看不清别人的心事一样。

这些天,步步进逼的大火使人们斗志高昂,人人都准备要与火魔大战一场,但是,现在大火就这样十分轻易地越过了他们构筑的防线。转眼之间,他们就已经在不断推进火线的背后了。这时,就像听见自己内心的呻吟一样,有人听到痛苦的哼哼声。

然后,所有人都听见了低沉的哼哼声。

好几道强烈的手电光交织起来,投射到那个声音所来的方向。

然后,有人发出了低低的惊叫。在大火遗弃的堆积物中,恍然蜷曲着人的躯体!大家一齐动手,从枯枝败叶中扒出来一个,那身体已经僵硬了。再扒,又出来一个,也是死的!不一会儿,就扒出来五具尸体。三个是机村的妇女,还有两个,是穿着蓝工装的工人。然而,那微弱的哼哼声还在继续。最后,从一大堆腐叶与烂泥中间,胖姑娘央金被救了出来。索波从她嘴里,鼻孔里抠出一些污泥。胖姑娘甚至还挤出了一点笑容,轻声说:"不要害怕,我不是鬼,我还活着。"

索波也笑了一下:"放心,我会救你的。"

说完,便把手电筒衔在嘴里,背起她,向着山下奔跑而去。

剩下的人们沉默着,机村的人认出了那三个丧命的妇人,而那两个蓝工装的工人一时还没有人认得出来。五具尸体都摆在草地上,每人脸上扣上一顶安全头盔,队伍就静静地下山去了。而山下的村子此时静悄悄的,被山火晕染出一层绯红的光芒,看上去是那么恬静安详,一点也就没有显出像是要准备迎接噩耗的样子。

大火刚起的时候,整个村子都曾激动地久久眺望,孩子们甚至爬到高岗上,不断通报大火推进的消息。现在,大火真正抵达的时候,这个激动了许久的村庄却安安静静地沉入了睡乡。

18.

大火一旦越过耗费了那么大人力物力开出的防火道,它自己也像是因为失去敌手,而失去了吞没一切的汹涌势头。

其实,这也只是大多数人的看法,更准确地说,是大多数人同意的看法。大多数人的看法常常是少数人提出来的。

还有更少数人认为,大家觉得大火失去了势头,只是因为它轻而易举就把我们抛在了身后,使人不能再看到杀气腾腾的、气焰嚣张的正面罢了。

机村是这个满覆森林的峡谷里最后一个村庄。从此以后,大火便真正深入无人之境了。除了那些沉默无语的参天古树,除了那些四散奔逃的飞禽走兽,再没有谁等在前头,准备与之决一死战了。

这是一个容易激情澎湃,但也更容易虚脱的时代,这不,大火刚刚到达机村,我们认为故事刚刚到达高潮的时候,那高潮其实已经过去了。峡谷里铺满了因空气污浊而显得懒洋洋的昏黄的阳光。

那是虚脱的阳光。

虚脱的阳光照着因失去目的而虚脱的人群。

虚脱的人们看着劫灰覆盖的山冈、田野、牧场与村庄。

雄健的风替大火充任先锋,剩下一点散兵游勇,这里吹起一点尘土,那里卷起几片废纸与枯叶,也仿佛虚脱了一样。

只有卡车还在不断到来,拉来面粉、大米、猪肉、牛肉、鸡肉、糖,和五花八门的罐头。

只有供应几千人吃饭的那么多锅灶还显得热气腾腾。机村人从来没有吃得这么饱过,也从来没有像现在这样,吃饱了,还往嘴里塞着各种东西。蓝工装与绿军装们也是一样。而所有吃饱了的人，更加目光飘渺迷茫，虚脱得好像马上就要昏迷过去了一样。

吃剩的东西丢得四处都是，鸡、猪、羊、牛吃得撑住了，呆呆地站在村道中央一动不动。

连机村那些细腰长腿、机警灵敏的猎犬，也无法抗拒这些吃食的诱惑，肚子撑得像一个大肚婆一样，睡在大路中央，难过地哼哼着，毫无一只猎犬应有的尊严，而任无数双陌生的腿在它们身上跨来跨去。

这也算是天降异相，这么多吃食把平常勤快的人跟狗都变懒了，倒是最为懒惰的桑丹一刻也不休息。她专门捡拾丢弃的馒头与烧饼，切成片，在太阳下晒干，又用讨来的面粉口袋一袋袋整整齐齐地封起来，码在屋里，据说，几天下来，屋里的馒头干已经快码成一堵墙了。

物质如此丰富的时刻在人们没有任何准备的时候一下就到来了，村代销店门前就没有一个人影了。杨麻子的老婆是被火烧死的三个机村女人中的一个。即便如此，这天早晨他还是来把代销店门打开，坐在太阳底下，叹息一声，说："简直就是共产主义了嘛。"

休息一会儿，他又关上门，依然叹息一声，说："简直就是共产主义了嘛。"

然后，他背着手，驼着背走到摆着五具尸体的帐篷里，还没有走到他老婆的尸体跟前，他的清鼻涕就流出来了。他走到自己女人的跟前，说："看嘛，刚刚赶上好时候，你就走了。"

有人问他好时候是什么意思，他说："想吃什么有什么，而且不用掏一分钱，简直就是共产主义了嘛。可是，我的女人命苦，只差一脚，没有迈过好日子的门槛。"

然后，他的泪水就流下来了。他的泪流很细，流到每个麻子窝里都停留一下，好半天，也没有流到下巴底下。

杨麻子因为这句话被人警告了。

杨麻子一哭起来，就像是跑在下山路上，老是收不住脚。所以，警告他的人才向索波发出了不满的责问："你们村的人怎么这么反动？"

索波把杨麻子拉到一边："不要再哭了，要不是看在牺牲的婶子面子上，你都当反革命给抓起来了！"

杨麻子的泪水立即就止住了。

因为抓人的事即使不是经常发生，也的的确确是发生过的。大火没有起来的时候，巫师多吉被抓走了。昨天晚上，大队长格桑旺堆跟江村贡布喇嘛也被抓走了。正在说话的当口，又有吉普车

186

拉着警报呼啸而至,直冲指挥部的帐篷,把指挥部领导和一直被看在那里的汪工程师抓走了。本来,不管是有人死去,还是有人被抓起来,都是最能让人兴奋的事情,但现在,人们却像是什么事情都没有发生一样。人们无声地聚集起来,看着两辆吉普车呜呜哇哇地开过来,停下,车后的尘土散尽后,几个臂戴红袖章,腰别小手枪的人面无表情从车里钻出来,站在帐篷门口,指挥部领导和汪工程师被专案组的人带出来,塞进吉普车里。警报器又呜呜哇哇地响起来,屁股后又吹起一片尘土,风一般开走了。

人群还没有散开,指挥部帐篷的门帘掀起来,使大家都看到了神秘的内部,电报机闪着红灯嘀嘀作响,同时吐出一张长长的纸条。几个人围着那长纸条叽咕一阵,描画一阵,一张文告就出来了。

这张文告宣布,暗藏在工人阶级队伍中,贫下中农队伍中,革命干部队伍中的反革命分子暴露了。这些跳梁小丑,自绝于人民,飞蛾扑火,自取灭亡!同时,文告宣布灭火抗灾指挥部的权力全部移交给当初清查火灾起因的专案小组。专案小组那三个在机村传说拥有隐身术的灰色人,这时穿上了没有帽徽领章的新军装,崭新的面料在阳光下闪烁着金属般的光芒。机村至今有人叹息,说,奇怪,他们的法术一下就消失了。专案组来了一个年轻的新领导。

新领导走到大家跟前,脱下军帽,一头干净顺滑的黑发一泻而下,人们才发现,这人不但年轻,还是个女领导。她决定,专案组扩大,老魏,甚至索波都扩大到这个新班子里去了。

新领导看都不看正在慢慢离机村远去、正在深入原始森林的大火一眼。她只是督促人们一张张抄写这篇文告,贴满了机村所有可以张贴东西的地方。她还走进广播站,亲自宣读这份文告。她亲自念了三遍,才让专门的播音员来播报。索波的名字在这份文告正文的最后。当今机村还有好几个人,能够惟妙惟肖地模仿高音喇叭念出最后一个名字,在树林中,在山岩上,在河谷里激起的不同回响。

"索—波—波—波波波——"

"索—波—波—波波波——"

"索—波—波—波波波——"

过火后的树林回声暗哑,山崖的回声响亮,河谷的回声深远悠长。

有史以来,机村好像都没有出过什么了不起的人物。即便有过什么了不起的人物,他的名字也一定没有被奇妙的机器,被山,被水,被树木这么歌唱一般念叨过。

所有的人都以为,索波会被这个自命伟大的时代造就成机村历史上一个空前伟大的人物。又是很多年后，当索波老了，当年那帮小孩正当壮年，还能吹口哨一般噘起嘴唇，惟妙惟肖地模仿出四野对高音喇叭里念出的那个名字的回声。索波也只是淡然一笑，不置可否了。

夜幕降临后，专案组的新成员们反倒忙碌起来，四散开去完成各自的调查工作。调查方向有两个：一、大火起因，必是有反革命分子破坏，要把罪魁祸首挖出来；二、救火期间，又发生了一系列的反革命活动，必须深挖细查，务必要把一切新老反革命分子暴露在光天化日之下。

一切部署完毕，女领导由索波和老魏陪着去充作灵堂的帐篷里看望烈士家属。本来，那些人只是无声地沉默。领导一露面，两个工人的家属就痛哭出声了。但机村的人依然只是沉默着。杨麻子算是见过世面，他拉着新领导的手说："她也值得了，机村人世世代代都没有见过这么热闹的场面，她见到了，值得了，值得了。"

新领导强忍着才没有笑出声来。

接下来，是艰苦谈判。工人家属提出的问题都跟钱相关。在机村人这边，这个问题轻轻巧巧地就过去了。但困难却还是出来了。就是三具遗体的处理问题。领导的意思是，举行一个隆重的追悼大会，然后，几具尸体一起土葬。这在机村历史上是从来没有过的葬法。依旧俗，这种不得善终的横死之人也不能天葬，而要火葬，一把火烧个干干净净。一个汉族人会把这样的场景看得十分野蛮残忍，更不可能把这个过程放在一个郑重其事的公共仪式上去完成。但在一个藏族人看来，死亡不过是灵魂离开了肉身。对于远去的灵魂来说，这个肉身最好彻底消失。所以，他们同样不能理解汉族人为什么还要把一具躯壳封闭在厚厚的木头棺材里，再深埋地下，慢慢腐烂，变成蛆虫，变成烂泥，在冰冷与黑暗中，背弃了天光。正常死亡的藏族天葬是把肉体奉献给高飞的鹰鹫，但这些暴死的人躯壳，只能让火来化解，让风雨来扬弃了。

谈判艰难地进行着。

领导不能在停着尸体的灵堂久留，索波只好在两个帐篷间来回传话。

直到夜深人静，新领导红润光洁的脸变得憔悴而苍白。谈判在不知不觉间，已经导入到藏汉两族对肉身最后去处的不同理解。

死人家属那边传过话来说："灵魂知道曾经寄居的肉身埋到地下，见不到天光，还喂给了蛆虫，会一路哭泣！"

女领导在灯下梳理长发，说："告诉这些人，没有灵魂，反封建迷信这么多年，他们还相信这个。"

杨麻子总是像影子一样跟在索波后面，这时，他小声说："报告领导,平时,大家都说,这一世的灵魂交给了共产党,现在,灵魂要去下一世了,最后就只好相信一下了。"

索波说:"你这是什么意思?谁让你打胡乱说了。"

领导梳理好头发,整个人都焕发出新的光彩,转过身来时,把好多人的眼睛都看直了。她举起手,微微一笑,说:"慢——这位老乡的意思是说,这些灵魂是要去党管不着的地方?"

这句话一出,当然是暗伏杀机的,连索波都松了一口气,埋在土里,就埋在土里吧,他并不确切知道人到底是有灵魂还是没有灵魂,而且,他也不想知道。他只知道,这种争执早点停止,他就可以不在两个帐篷之间来回奔波传话了。

好个杨麻子,他躬下身子,说:"这灵魂也不是都变人,他们命贱,也许变猪变狗,往生到哪里,就真是说不清楚了。"

领导被这句话给噎住了:"你,谁叫你进来的,嗯,谁允许你进来的?"

杨麻子就给赶了出去。

老魏上去附耳对领导说:"请领导当机立断,不然,绕来绕去,就绕到他们的话里去了!"

女领导便挥手让大家下去,只留老魏在帐篷里:"我想听听你的建议。"

老魏便一二三四五六七要言不烦地讲了。

领导听后,沉吟一阵,眼睛生光,提笔在本子上刷刷写了。然后把专案组成员,以及死者家属都召集起来,宣布了最后决定:一、执行党的少数民族政策,尊重少数民族的风俗习惯,遗体可以火化,但是;二、同时也要反对封建迷信,移风易俗,火化也要用先进方式,遗体拉到县城火葬场火化;三、骨灰盒运回来,跟两个牺牲的工人同志一起土葬;四、把格桑旺堆,江村贡布喇嘛,走资派总指挥和汪工程师拉回来,在追悼会后,在救火前线现场召开批斗大会;五、那个麻子,虽然是烈士家属,骨子里颇为反动,听说是解放前夕才潜入藏区的汉人,却扮演成当地土著为民请命,用心恶毒,来历神秘,要控制,要查,弄不好是潜藏的国民党特务;六、那个幸存的女民兵,要树为红色标兵。

女领导锋利的目光扫视一眼下面,说:"这是最后的决定。不同意者,可视为存心与人民为敌!"

杨麻子当即双腿发软,汗如雨下。

索波当即就把生产队仓库与代销店的钥匙从他腰上扯了下来。

有人拿出毛主席的小红书,念了一段,最后一句是:"扫帚不到,灰尘照例不会自己跑掉。"

这句话,也让愚昧的机村人给曲解了。他们说:"毛主席也说人要变成灰尘嘛,不烧把火,肉身怎么变成灰尘呢?"但那也是之后好久的事了。当时,谁也没有再说什么,就默默地退出去了。漂亮女人严厉起来的时候,自有一种难以抗拒的威严。那些本来就威力强大的词语从她漂亮的嘴里,用好听的声音吐出来,更加充满了力量。

死者家属们退出帐篷外,马上凄凄楚楚地哭起来。这回,三个机村死者的亲人也加入进去了。哭声起来的时候,风也慢慢起来了。哭泣者渐渐远去,风把他们的哭声拉长了,袅袅娜娜仿佛无字的歌唱。

风稍大一点,哭声就消失了。

风再大一点,帐篷就被鼓起来,风换气的时候,帐篷又瘪下去,这一起一落之间,发出呼哧呼哧的声音,仿佛一个巨兽正费力地吞咽吐纳。这声音给人的感觉,就好像帐篷里的这些人,都在这只巨兽的口里,他们所以安然无事,只是这个巨兽现在还不想吞咽,或者说只是这只巨兽一时间忘记了吞咽而已。人人心里都有些惶恐不安,但人人都在强自镇定。帐篷顶上晃来晃去的电灯更增加了这莫名的不安。

那三个隐身人回来了。

三个人悄无声息地钻进帐篷,整个身子隐在暗影中,几条影子迅速爬到大家身上时,所有人都感到一股冷冰冰的东西,从背脊中央直窜到脚底。

好在三个人迅速脱去了隐身衣,把身子的轮廓,兴奋闪烁的眼睛显现出来,大家都有些尴尬地笑了。其实,机村人传说中的隐身衣不过是带帽子的雨衣。雨衣面子是细密的帆布,里子刷上了一层暗黑的防水材料。几个人只是把这雨衣反穿,立即就与夜色浑然一体了。这跟索波带领民兵抓盗羊贼时,反穿了皮袍,把自己装成一只羊的手法是一模一样的。只不过,这些年不断有从未见过的新东西出来,让人有些应接不暇而已。

他们把一个包裹放在了摇晃不定的灯光下,说:"我们终于把那个逃犯缉拿归案了。"

说完,他们都退到了一边。

"逃犯?带进来!"

"已经进来了,就在这个包裹里面。"

好像有一阵寒气在帐篷里弥漫开来。

女领导毕竟太年轻了,她的声音都有些哆嗦,说:"一个人?在包裹里面?"

"是,这就是那个逃犯。"包裹打开了,露出了一块灰白色的浅碗一样的东西。这是大火过后，巫师多吉留在这个世上的最后一点物质。

"这是他没有烧光的头盖骨。"

"他被火烧死了？"

"不，有人把他当一个了不得的人火葬了！"

"谁？"

"就是已经被我们抓起来的两个人，一个是喇嘛，一个是机村的大队长。这两个人反动透顶，还放出话来，说是让整片森林毁灭，来为这个反革命分子举行最大的火葬！"

这个说法对索波来说也是闻所未闻，但江村贡布喇嘛确实传了这样的话，听到这话的两个机村民兵，立即就报告了。三个隐身人也是两个民兵带到那个隐秘火葬地去的。大火早在一天多以前就已经从那里掠过了。森林和江村贡布喇嘛精心布置的火葬的巨大柴堆，都变成了一片正在渐渐冷却的灰烬。他们找到那里的时候，一股股的小旋风正把那些尘土卷起来，想往别处挥洒。

以往一个人被烈火化成了灰烬，风一到来，把这些尘埃四处播撒，在树丛，在草上，在花间。片刻之间，就只有涧鸣与鸟唱了。可是，现在满眼都是劫后的余灰，漆黑的流水上覆满了焦炭。风能做的，只是把这里的尘埃和那里的尘埃混合起来。把树，把草，把人

195

劫后的余烬搅和在一起罢了。大树的所有枝叶都烧光了，只剩下高大焦黑的树干，散发着呛人的焦煳味，有些太老的树，中心早已腐烂，于是，还有火钻进了树的里面，慢慢燃烧，这种燃烧看不到火焰，也听不到声音，只是不断吐出浓浓的黑烟。当火焰终于从大树的某一处猛然一下喷射而出时，这棵不得善终的老树也就轰然倒下了。而更多青年的壮年的树却只面目焦黑地站立在那里，默然不语。它们内部的木质还坚实紧密，唯其如此，那种静穆中有一种特别悲伤的味道。

多吉剩下的那块骨头，就躺在这些树下，半掩在灰烬中，余温尚存。

当这块骨头暴露在指挥部灯光下时，已经彻底冷却了。起先大家或多或少的有些害怕，但过了一阵，看它在那里，的的确确也就是一块了无生气的骨头罢了。大家都渐渐靠近了，要看个仔细。女领导拿起地图前闪闪发光的金属小棍，拨弄一下那块碗状的头骨，仰放着的头骨就轻轻摇晃起来，骨头与桌面磨擦处，还发出了轻轻的碌碌声。大家都不约而同退后一步，又迅即用笑声掩饰住了尴尬。金属棍越来越频繁地拨弄，骨头就摇晃得更厉害了，同时，那碌碌声也大了起来。

这回，大家是由衷地笑了。

这印证了一个真理，一个人死去也就死去了。不存在什么神神怪怪的东西。这个时代，是一个人人似乎都可能掌握真理的时代。所以，通过一件事情印证一个真理，是一件非常庄严神圣的事情。如果人死去真有灵魂在，多吉知道自己未被烧尽的骨头还能派上这样的用场，给人这样的启示，想必也会感到有些许的得意吧。

但多吉好像不愿意这样，当大家沉湎于印证了真理的喜悦之中时，骨头在摇晃的同时，慢慢挪动，最后，便从桌子上跌落下去了。和地面相触的时候，发出一声沉闷的声音。就像一个重物击打在柔软的人体上发出的声音一样。

骨头自己把自己粉碎了。

骨头每一个碎块都比人们想象的要小很多，每一个有棱有角的碎块都在灯光下反射出一种灰色的，不是要放出来，而是想收进去的奇异光芒。

每个人都暗抽着冷气，但又不敢明显地表现出来，发现真理的喜悦与自豪顷刻间就无影无踪了。索波与两个立功的民兵更是吓得退后了好几步。还是老魏蹲下身来，口里低低地念念有词，把那些碎块都归拢来，重新包裹起来，说："拿走，拿得远远的，扔掉！"

两个民兵问，扔到哪里？

从来都不叹息的索波这回却叹息了一声，说："风吹不走，就扔到河里去吧。"

两个民兵在前，三个隐身人在后，迅速消失了。大家走出帐篷，看着黎明的铅灰色的沉重光芒正慢慢照亮大地。风又起来了。头顶的天空中突然滚过了隆隆的雷声。天幕还低低地压在头顶，不知是阴云还是大火引起的烟雾。风吹过，雷滚过，那低沉的天幕依然一动不动。只有间或，上面闪过一阵红光，那是正在烧向远处的大火，被风鼓动腾身而起时发出的光焰。

眼下已是四月了，雷声响过之后，春雨下来，春天才算真正到来了。

春天已经迟来许久，春天实在是该到来了。

大家仰起脸来，张望，同时倾听，雷声却消失了。只有风一阵松一阵紧，扇动起来的火焰的光辉，一阵阵把低沉的云脚照亮，像是闪电一样，只不过，是一种很慢很慢的闪电罢了。

19.

听到雷声，对大火几近麻木的机村人都离开了床铺与房子，跑出来，向着天上张望。

甚至昏昏沉沉地睡在临时医院里的胖姑娘央金也出来了。

　　这短短的几天里，她的世界真是天旋地转，先是被莫名的爱情而激情难抑，继而又被抛入深渊，这还不够，从色媒措涌出来的湖水差点夺去她的性命，当她从死神手中挣扎回来，躺在临时医院的雪白被单中，从那一生也没有睡过的那么干净的床上醒来的时候，已经是救火战场上涌现的女英雄了。她母亲来看她的时候，一路哀哀地哭泣不已，回去时高高兴兴地走得脚底生风了。这女人还顺手把病床前的搪瓷痰盂塞进了宽大的袍襟下，日后，这东西成为她们家盛放酸奶的专用器皿。

　　胖姑娘央金死而复生，第一次出现在乡亲们面前。她手上缠着绷带，额头上也缠着绷带，加上架着的拐杖，真正就是电影里那些英雄的样子了。她的身后，还有两个护士，一个高举着输液架，一个高举着药水瓶子。

　　机村人慢慢围拢过来，这个总是显得天真无邪，总容易因一个男人而双眼现出兴奋而迷离光彩的胖姑娘央金脸上现出的，却是一种大家都感到陌生的表情。她神情庄重，目光坚定，望向远方。也是这个时代的电影、报纸和宣传画上先进人物的标准姿势。

　　一个时代，有很多很难领会与把握的东西，但是，一个时代也有着好多就是一个笨蛋也都容易学会的东西。谁要想使一个新时代显得与众不同，就要有更多的这种容易从外在模仿的程式。女领导出现了，做出电影里那种首长深情爱惜自己无畏战士那种似嗔还怨的样子："央金同志，你现在的责任就是好好休息！"

女领导还说："越早把伤治好，就越早到省里干部学校去学习！"

这句话使人群骚动起来，人人都知道这就意味着，胖姑娘这一去，回来就是国家干部，就是领导了。

两个新涌现出来的先进民兵，带着后进要追赶先进的欣羡神情，把央金扶回病房里去了。

更多的人把复杂的眼光投向了索波。

索波脸上的神情便有些落寞，心里充满一种从未有过的酸涩感觉。这感觉让他这些年一直紧绷着的心情有些松懈了，身心的疲惫立即把他充满。这些年，都是他在后面追赶，并超过一个又一个人，现在，他刚刚越过了最后一关，从格桑旺堆手里夺过了机村的最高权力，却突然一下，有人跑到他前面去了。当大队长并不是他最终的目标，也不是每一个机村年轻人力争先进的根本目标。他们的目标，就是因此被上面选调，送去学习，从此走出机村。此前，每一批的年轻人中都有人这样走出去了。索波一直是当下这

200

批年轻人中最接近这一目标的那一个。不止是他自己，所有机村人也是这么认为的。但这场大火一来，事情就不再是在原来的框架中演进与变化了。后面的人，差不多一点力气没有使，就把他超过了。

这天早晨，阴云与烟雾遮掩着天空，他却突然看到了自己的前程已经到此为止。他对领导说："我也想学更多的东西，为人民服务。"

索波是个瘦高个，女领导比他矮很多，但还是居高临下地拍拍他的肩膀，说："实际工作也一样锻炼人，何况，一场大火，暴露出机村的阶级斗争的形势还很复杂，这个岗位也很重要啊！"

这一天，雷声一阵阵滚过，但雨水一直没有下来。

大火依然在往远处推进，但所有的人都好像将那场大火忘记了。即便这天晚上，风使大火燃烧得那么猛烈，而且，风还把过火之后的山林的余火重新吹旺，四野里都是余火闪烁，但没有谁再因此焦虑，也没有人因而激动。晚上，电影照例在好几个地方同时上映。但已经没有什么观众了。所有人都早早躺在了床上，很快进入了梦乡。

人人都在传说，人工已经不可能扑灭这场大火了。上面的上面，已经决定要派飞机来轰炸。机村人从这个传说中还知道了一个科学道理。这个道理说,火的燃烧就像人的呼吸,靠的是空气。如果没有这个东西,人会死去,火也会自己熄灭。许多炸弹从天上丢下来,爆炸的时候会抢着把火需要的空气吃光。火就窒息而死了。对这传说,所有人也就在将信将疑之间。机村人将信将疑,是因为,这道理远远超出了他们的经验世界。另外那好几千救火者,大部分都是伐木工人。从他们的眼光来看,这些林子早晚都是要伐掉的。从这个角度看,这场大火,国家并没有损失什么。大火也是形式主义,搞运动一样其势汹涌,气焰嚣张,只顾往前疯跑,结果只是把灌木、杂草,和森林繁芜的树叶烧光了。真正需要采集的树干,大部分都还好好地站立在那里。如果森林还想活下去,那么这场大火是致命的。但在此之前,这些森林的命运早已决定,不是寂灭于大火,就是毁弃于刀斧。一个工程师闲着无事,在纸上演算出来,大火只让森林损失了不到百分之十的好木材,与此同时,大火却预做了清理场地的工作,使今后的采伐工效提高两倍以上。

从这个意义上说,大火的扑与不扑,都是无所谓的。所以,这场大火与轰轰烈烈的救火行动,都像是为我写下这篇机村故事而进行的。因为这些过火的树林在接下来的十来年里,真的砍了个一干二净。

大雨是第二天下来的。

头天晚上，机村死去的三个人的骨灰已经装在石头盒子里运回来了。另外那两个死去的工人也装殓到了新做的松木棺材里。天刚蒙蒙亮，送葬的队伍就出发了。死者亲属的哭声响起来，但很快就被从高音喇叭里传出来的哀乐声所淹没了。哀乐声里，还不时穿插进朗诵毛主席语录，欢呼革命英雄主义的口号声。天大亮时，几个新鲜的坟头，就出现在平缓峡谷中唯一有着一段险峻崖壁的河岸上。岩缝中间，有一片虬曲的青松，和更多的杜鹃。大火当然没有烧到这些树木。墓地就在这片向河壁立的崖顶的草地上。这几个坟头，也是机村从未出现过的新生事物。

当然，还有坟头前面那么多的花圈与墨汁淋漓的挽联。

送葬的队伍回到村里的时候，村口的公路上传来了警车呜哩哇啦的声音。警报声立即冲淡了悲伤的气氛。警车在前开道，后面两辆卡车上绑着四个罪犯：格桑旺堆、江村贡布喇嘛、汪工程师和三天以前还是救火总指挥的那个领导。卡车开到机村广场上，人群里立即响起了口号声。

就在把四个罪犯押往露天会场的路上，有硕大的雨滴从天上稀稀落落地砸落下来。

雨水重重落下，落在地上，溅起了一片尘烟。

雷声隆隆地在低压的云层后滚过。

雨水也暂时停止了一下。好像是在等待更大的雷声。这时，闪电撕开了云层，蜿蜒着越过天顶。巨大的，比所有人的愤怒加在一起还要愤怒十倍的雷声轰然炸开。硕大的沉重的雨水就密密麻麻地砸下来。

雨水污黑肮脏，而且带着一点温暖。把大火期间升到天上的所有尘埃灰烬又带回到地上。雨脚强劲猛烈，倾盆而下。人们只在夏天才见过这么猛烈的雨水，但这雨水就这样地倾盆而下。集会的人群四散奔逃。墙上的标语被冲刷下来，人们手里摇晃着的彩色纸旗扔得满地都是。

大会自然是开不成了。

就这样一直到下午，大雨才下得不再那么猛烈了。但缓下来的雨水，却给人一种从容不迫的感觉，摆出来就是一副一直要持续下去的样子。天上降下来的雨水慢慢变得清洁冰凉了。但落在机村四面山坡上的雨水，慢慢汇聚起来，把山上大火过后的灰烬、焦炭、残枝断木都冲刷下来。每一条小溪都在暴涨。过去，再大的雨水落下来，都被森林，森林下面深厚的苔藓化于无形，慢慢吸收了。但是，现在，这些雨水毫无遮拦，带着大火制造的垃圾奔流而下。

满山都是水声在暴烈地轰响。

运动是暴烈的,大火是暴烈的,连滋润森林与大地的雨水也变得暴烈无比了。

指挥部部署的批斗与公捕大会终于没有开成。下午,高音喇叭里播放了这四个人的逮捕决定,又播放了一阵口号,警车又呜呜哇哇地响着,押着那四个罪犯带回城里的监狱里去了。

大雨继续下着。

天气放晴,是在三天后的下午。雨脚慢慢收住,天空中云层升高,从裂开的缝隙里露出明亮夺目的阳光。一道一道的阳光从云层的缝隙中悬垂下来,仿佛一匹匹明亮的绸缎。当这阳光使走出屋子与帐篷的人们目眩神迷的时候,天顶的云层已经散尽了。

明亮的太阳当顶照耀。劫后余生的鸟们啭喉鸣唱。狂烧掉那么多森林的大火也熄灭了。大雨把大火的余烬与味道都荡涤干净了。只是那些只剩下粗大树干的大树,被阳光照亮时,那乌黑的树身上泛出一点浅浅的金属光芒。

这天下午,防火指挥部宣布撤销,女领导还有很多随从,都登上了吉普车,头上还缠着绷带的央金也登上了吉普车,坐在指挥部领导的身边。她的母亲为即将远行的女儿哭泣。吉普车发动了,雨后新鲜的空气中立即就有刺激的汽油味弥漫开来。

最后，央金又从吉普车上下来，跑到索波跟前，她灿烂地笑着，用头碰了碰他的胸口，说："你要继续努力啊！"

这时，大队的汽车开动了。一个机村人永远都会念想的、最为热闹辉煌的日子就结束了。虽然，救火队伍中有上千的伐木工人没有撤离，他们都要留下来，就地组建一个新的伐木工场。车队很快就消失在人们视线的尽头。现在的机村是一个机村人也要慢慢适应的陌生的村庄了。

跟到村外的人群慢慢散去。只有索波一个人慢慢走向村外。他看见，溪流边，草地上，杜鹃、野草莓、迎春、蒲公英、太阳菊，都争先恐后地开放了。在这片劫后的大地上，这些花朵甚至比阳光还要耀眼明亮。他摸摸眼睛，感觉眼睛有些湿润。然后，他听到一声咴咴的牲口叫唤，是巫师多吉的那头毛驴正在草地上吃草。村里人叫那驴的时候，也叫他主人的名字。于是，他听到自己叫了一声多吉，那驴就慢慢踱过来，抬起水汪汪的眼睛看他，掀动着鼻翼来嗅他，热烘烘的鼻息一下碰着他心里一个很柔软的地方，他的泪水一下子就悄无声地流出来了。

报　　纸

报纸刚到机村头一两年,那可是高贵的东西。

那时,机村人眼中,报纸和过去喇嘛们手中的经书是差不多的。

不管你识不识字,能够拿起报纸来,一张张打开,那就真是机村有头有脸的人了。那时,工作组白天下地和大家一起劳动,要到晚上,或者下雨天,才把大家召集起来开会。念报纸可是会议最重要的内容。

工作组的干部从不亲手把报纸带到会场上来。会场不是在仓库就是在小学校的教室里。汽灯把会场照得透亮,来开会的人各自找好了安置自己屁股的地方,女人转动手中的纺锤,捻纺羊毛。男人们掏出烟袋,划火柴和敲打火镰的声音中,烟雾腾腾地升起来,灯光就显得浑浊了。

这时,工作组才走进会场。大家都抬起刚刚安放下去的屁股,干部把手往下按按,大家的屁股才落回到原处。干部坐好了,笑着环顾会场一周,伸出手,指着了一个人,说:"你!"

被指的多半是一个年轻人,那个年轻人受宠若惊地站起来:"我?"

"对,你!去拿报纸!"

这个人立即就跑开了,一眨眼工夫又气喘吁吁地跑回来了。把一摞报纸放在干部面前。不能说是机村每个年轻人,但可以说至少是百分之九十五的年轻人都希望得到这个机会。工作组很知道大家的心思,有时连着两三个会都叫一个人去,当这个人几乎把这拿报纸的差事当成对自己未来的一种承诺的时候,他们又换人了。这个差事因此在机村的上进的年轻人中间造成了猜忌与竞争。

那时的村里有两份报纸:《人民日报》和《四川日报》。

机村的报纸不是天天来的。因为那时机村跟外面相距遥远。上面替村里订了以上两份报纸。邮政只把报纸送到乡上。那时的工作组一两个月就来一次。每次都把机村的报纸顺便带来。报纸是日报,就是天天都有的意思。但那时,却是十天半月才来一次。来了,是包在邮政专用口袋里重重的一大捆。纸本是羽毛一样轻盈的东西,一点点风就能让一片纸飞扬起来,但捆扎在一起,就变得石头一样沉重了。

会开起来,首先就是念报纸。早前有篇念过好多遍的文章叫做《谁说鸡毛不能上天?》

工作组说:谁说鸡毛不能上天? 鸡毛就是能够上天! 讲话的人小心地从报纸上撕下来小小的一角,举到汽灯热气蒸腾的上方,一松手指,纸片就歪歪斜斜地向上飞扬。直到飞到屋顶,这里那里飘浮一阵子,才从墙角落了下来。有眼明手快的年轻人追过去,不等纸片落下去,就一把抓到手里,赶紧交回到工作组手上。

工作组举着那片纸:"看见没有,不要说鸡毛,要是没有那屋顶挡着,这纸片也能飞上天!"

工作组见这么好的比喻居然没有什么效果,就叫这个年轻人再用机村话翻译一遍。下面还是没有太大的反应。

于是,他的讲话就直截了当了:"只有集体主义的道路,才越走越宽!"

那时,小学校也教学生们一段童谣:"单干好比独木桥,走一步来摇三摇!"

当村里唯一一个单干户石丹巴孤独地出现在村外的时候,一大群小孩子赶上去,在隔着一段距离的地方停下来,唱道:"单干好比独木桥,走一步来摇三摇!"

不是石丹巴不愿意走集体主义道路,但他是麻风病,虽然麻风病院给他开出了病愈的证明，但大家还是害怕，不让他加入到集体中来。

人民公社成立后，机村除了生产大队，还有了党组织、团组织、民兵排和贫下中农协会，干部全部是这么些年工作组在大运动和小运动中在机村本地人中培养起来的。从此以后，工作组就一年比一年来得少了，机村人也有了好些会自己看报纸的人了。十天半月，总有人去公社一趟，带回成捆的报纸和偶尔会有的几封信件。石头一样沉重的成捆。所以，后来，生产队要给几个工分，人家才肯把报纸从公社带回来了。也就是说，因为沾手报纸而使自己区别于他人的日子已经过去了。如今的报纸就是印着字的纸了。何况，机村成年人基本上都是大字不识的文盲，即便有人念出来了，听起来也似懂非懂。报纸的神秘感也就慢慢消失了。男人们开始用报纸卷烟。他们说，报纸卷烟好，不遮。不遮什么呢？不遮烟草的味道。刚开始用报纸卷烟的时候，他们小心翼翼的，注意不要撕到有字的部分。但后来，一场会开过，刚刚念过的报纸就被撕得差不多了。

既然报纸可以卷烟，也就有人敢用它来包裹东西了。

也有向往美好明天的人，把报纸上的图片剪下来，贴在墙上。虽然机村还是用牛耕地，但报纸上天天谈农业机械化，所以，也有很多拖拉机耕地、收割机收割的照片。贴图片的人相信,那种场景,就是机村不远的明天。那时的报纸上,有越南女民兵的照片,也有中国女民兵的照片。

谁也想不到,报纸居然把一个人送进了监狱。

这个人真是倒霉透了。那已经是大家都不把报纸当成报纸的时候了。

夏天分群的鸽子在冬天又聚集起来,太阳刚刚出来,鸽群就在天空中盘旋。阳光从山口那边斜射过来,把高一些的斜坡地照亮,没被阳光照到的低洼之处阴影就越发浓重了。鸽群上下翻飞。一会儿,整个鸽群都倾斜着身子,斜刺刺地飞入了浓重的阴影,转瞬之间,它们又欢快地振翅飞进了阳光中间。飞翔的鸽群使阳光更加干净明亮。晴朗冬日里的每一个早晨,鸽群就这样一直在机村的天空中飞翔。太阳越升越高。所有的地方都被阳光照亮。冰冻的土地开始散发着一点温暖的气息。这时,鸽群就降落下来了。

它们降落在庄稼地里,在那些剩余的麦茬中寻找食物。

鸽群最繁盛的时候,能有两三千只之多。它们从天上飞过的时候,落下的影子像是稀薄的云影,可以遮住整个村庄。但那都是更早期的机村记忆之中的情形了。后来,机村人对什么东西都能开枪了,对这么漂亮的鸽群也不例外。村里甚至出现了一种从来没有过的猎枪。这种枪名字就叫做鸟枪，火药在枪膛里爆发，发射出去的不是一颗铅弹，而是一团细小的铁砂。这种枪没有准星，不能瞄准。只要抬起枪口，对着鸽群的方向，轰然一声，一团铁砂喷射而出，就会有好几只侧身飞翔的鸽子从空中跌落下来。鲜血从身上的某个地方渗出来，染红白色的羽毛。

这件事情发生的时候，地里的庄稼刚刚收割完不久。谷地里下着雨，山上却积起了雪。一场秋雨一场寒，雪线也一天天降低下来。到雪下到谷地里那一天，鸽群也要飞临了。

扎西东珠很兴奋，因为有人替他弄到了一支鸟枪。鸟枪带来的兴奋是双重的。一重，自己也像村里大多数男人一样，终于有了一支自己的枪。再一重，得到这支枪，还有一种犯禁的刺激。政策有很多禁止的事情，但实际的情形中，不是犯禁的事情都不能做，能做不能做，犯了禁后受惩处或不受惩处，是一个微妙的空间。进入这个空间的人，都会有一种探险的刺激。除了民兵，政策也禁止其他人持有枪支。扎西东珠眼睛总是迎风流泪，一双眼角被泪水里的盐渍得通红。他也不大看得清楚远处的东西。这个人怎么可能成为民兵呢？怎么可能成为一个猎人呢？

但鸽群来的时候，像一片云彩飘来飘去，他还是看得见的。而一支不用瞄准的鸟枪，对他来说，就再合适不过了。他想一支鸟枪可不是想了一天两天了,终于到了美梦成真的这一天。一支鸟枪来到了他的手上。弯弯的枪把,冰凉的枪管,扳动枪机,击发声清脆响亮。他把枪口刷一下顺向前方,前方的景物影影绰绰。他是第一次拥有自己的一支枪。但他知道,一支新的鸟枪到手,都要试一试枪。试试枪的准头,试试成团的铁砂射出去,在有效射程内会覆盖多大的面积。行话叫做看看这枪"团不团砂"。今天,他很高兴,遇见一个人,就举举手里的枪,说:"走,去看看这枪团不团砂。"

当他从村子里走到村外的时候,身后已经跟着十多个无所事事的人了。

他往枪里灌火药和铁砂,有人在一道土坎上画出了一个圆圈。当他举起枪来,只看见泥土的颜色从土坎上面浮出来,虚虚的,像一片光,那个圆圈却无法看见。沮丧至极的他,连把自己没用的眼珠掏出来,踩碎在地上的心思都有。就是这个时候,有人说,靶子应该是跟鸽子一样的白色。于是,一叠从公社拿回来还没有打开过的报纸被当成靶子放在了五十米开外的地方。现在,扎西东珠看见了。他对着那叠报纸轰然就是一枪。

有人跑向了那个靶子,他站在原地,枪声震得他耳朵嗡嗡作响。嗡嗡声一响,整个人就跟这世界隔了一层什么东西一样。他隐隐听见自己在喊:"打中了吗?"

隐隐传来回答:"打中了!"

"打中了!"

有人把那摞报纸举到他眼前,近处的东西他是看得很清楚的。他清楚地看到报纸偏左一点,被那团铁砂打出了十几个小孔。但那些人的声音却还是隔得很远:"打中了!"

"稍稍偏了一点。"

他手里拿着枪,想,偏这么一点有什么关系? 一个鸽群比一百张报纸还大。

有人在翻动报纸,然后,不是一个人,而是好几个人同时发出了一声惊叫。

接着,人群就轰然一声跑开了。剩下他提着枪呆呆地站在阳光下。而被枪击穿的报纸,躺在他脚边的地上。他看看那些跑远的人影影绰绰的背影,蹲下身子,他甚至连什么都没有看清楚,就觉得血一下冲上了脑门,耳朵又嗡嗡地响起来。他捡起了地上的报纸,慢慢往村里走。泪水又从他烂红的眼角流了出来。

慢慢地,他也弄清楚发生了什么事情:夹在里面的一张报纸上,有幅领袖照片。铁砂穿进去,把领袖的下巴、额头和腮帮子都打坏了。

他慢慢往家里走,碰到一个人,就说:"求求你,打我一枪,我胆小,自己下不了手。"

不等人家回答,他又说:"算了吧,我这不是害了自己还想害你吗?"

他是第二天被带走的。警察骑着挎着一个车斗的三轮摩托来了。他们宣布的两项罪名,一项叫反革命恶攻,一项是非法持有枪支。奇怪的是,扎西东珠被带走后,就再也没有了消息。他回来是十多年后的事情了。他被逮去,扔在拘留所里,就再也没有人来过问了。直到有一天,已经穿着跟过去不一样服装的警察打开牢门,宣布他可以回家的时候,他都不想回家了。在这个地方,什么都不用干,也有饭吃。天气好的时候,还可以放到院子中间去晒晒太阳。但这个地方,他确实是不能再待下去了。

但这么就离开,他有些不甘心,他说:"我有罪。"

警察就笑了:"你他妈有什么罪,回去跟家人好好过日子吧。"一边说,好心的警察还替他收拾东西。警察顺手扯张报纸,把他一点零碎的东西包裹起来。

他一下惊得脸色发白,说:"报纸!"

警察笑笑,说:"不用报纸,你这点破东西,还想用什么金贵的包装啊?"

瘸子，或天神的法则

一个村庄无论大小，无论人口多少，造物主都要用某种方式显示其暗定的法则。

法则之一，人口不能一例都健全。总要造出一些有残疾的人，但也不能太多，比如瘸子。机村只有两百多号的人，为了配备齐全，就有一个瘸子。

而且，始终就是一个瘸子。

早先那个瘸子叫嘎多。这是一个脾气火爆的人。经常挥舞双拐愤怒地叫骂。主要是骂自己的老婆与女儿是不要脸的婊子。他的腿也是因为自己的脾气火爆才瘸的。那还是解放以前的事情。他家的庄稼地靠近树林边，常常被野猪糟践。每年，庄稼一出来，他就要在地头搭一个窝棚看护庄稼。他家也就常常有野猪肉吃。但他还是深以为苦。不是怕风，也不是怕雨。他老婆是个腼腆的女人，不肯跟他到窝棚里睡觉，更不肯在那里跟他做使身体与心绪都松软的好事情。

他为此怒火中烧，骂女人是婊子。他骂老婆时，两个女儿就会哀哀地哭泣，所以，他骂两个女儿也是婊子。女人年轻时会跟喜欢的男人睡觉。婚后，有时也会为了别的男人松开腰带。但她们不是婊子。机村的商业没有发达到这样的程度。但这个词可能在两百年前，就在机村人心目中生了根，很自然地就会从那些脾气不好，喜欢咒骂人的人口中蹦出来，自然得就像是雷声从乌云中隆隆地滚将出来。

后来，瘸子临去世的那两三年，他已经不用这个词来骂特指的对象了。他总是一挥拐杖，说："呸，婊子！"或者：

"呸，这些婊子！"

每年秋天一到，机村人就要跟飞禽与走兽争夺地里的收成。他被生产队安排在护秋组里。按说，这时野兽吃不吃掉庄稼，跟他已经没有直接关系了，因为土地早已充公，属于集体了。此时的嘎多也没有壮年时那种老要跟女人睡觉的冲动了。但他还总是怒气冲冲的。白天，护秋组的人每人手里拿着一面铜锣，在麦地周围轰赶不请自来的飞鸟。他扶拐的双手空不出来，不能敲锣，被安排去麦地里扶起那些常常被风吹倒的草人。他扶起一个草人，就骂一句："呸，婊子！"

草人在风中挥舞着手臂。

他这回是真的愤怒了。一脚踢去,草人就摇摇晃晃地倒下了。这回,他骂了自己:"呸,婊子!"

　　他再把草人扶起来,但这回,草人像个瘸子一样歪着身子在风中摇摇晃晃。

　　瘸子把脸埋在双臂中间笑了起来。随即,瘸子坐在地上,屁股压倒了好多丛穗子饱满的麦子,仰着的脸朝向天空,笑声变成了哭声。再从地上站起来时,他的腰也佝偻下去了。从此,这个人不再咒骂,而是常常顾自长叹:"可怜啊,可怜。"

　　天下雨了,他说:"可怜啊,可怜。"

　　秋风吹拂着金色的麦浪,哐哐的锣声把觅食的鸟群从麦地里惊飞起来,他说:"可怜啊,可怜。"

　　晚上,护秋组的人,一个个分散到地头的窝棚里,他们人手一支火枪,隔一会儿,这里那里就会"嗵"一声响。那是护秋组的人在对着夜里影影绰绰下到地里的野兽的影子开枪。枪声一响,瘸子就会叹息一声。如果很久没有枪响,他就坐在窝棚里,把枪伸到棚外,冲着天空放上一枪。火药闪亮的那一瞬间,他的脸被照亮一下,随即又沉入黑暗。但这个家伙自己连眼皮都没有抬一下。所以,枪口闪出的那道耀眼光芒他没有看见。还有人说,他的枪里根本就没有装过子弹。自从腿瘸了之后,他的火枪里就没有装过子弹了。那时,他在晚上护的是自己家地里的秋。机村人的耳朵里,还没有灌进过合作社、生产队、大集体这些现在听起来就像是天生就有的字眼。那次,在一片淡薄的月光下,一头野猪被打倒在麦地中间。本来,一个有经验的猎手会等到天亮再下到麦棵中去寻找猎物。机村的男人都会打猎,但他从来不是一个提得上名字的猎手。因为从来没有一头大动物倒在他枪口之下。看到那头身量巨大的野猪被自己一枪轰倒,他真是太激动了。结果,不等他走到跟前,受伤的野猪就喘着粗气从麦棵中间冲了出来。因受伤而愤怒的野猪用长着一对长长獠牙的长嘴一下掀翻了他。那天晚上,一半以上的机村人都听到了他那一声绝望的惨叫。人们把他抬回家里。野猪獠牙把他大腿上的肉撕开来,把白生生的骨头露在外面。还有一种隐约的传说,他那个地方也被野猪搞坏了。那畜生的獠牙锋利如刀,轻轻一下,就把他两颗睾丸都挑掉了。第二天,人们找到了死在林边的野猪,但没有人找到他丢失的东西。人们把野猪肉分剖了分到各家。他老婆也去拿了一份回来。一见那血淋淋的东西,他就骂了出来:"呸!婊子!"

瘸腿之前,他可是一个好脾气的人哪。

脾气为什么好? 就因为知道自己本事小。

瘸腿之后,脾气就像盖着的锅里的蒸汽,腾腾地蹿上来了。

那都是很久很久以前的事情了。

一来,这件事发生确实有好些年头了。二来,一件事情哪怕只是昨天刚刚发生,但是经过一个又一个人添油加醋的传说,这件事情马上就好像相距遥远了。这种传言,就像望远镜的镜头一样,反着转动一下,眼前的景物立即就被推到了很远的地方。

这个事件,人们在记忆中把它推远后,接下来就是慢慢忘记了。所以等到他伤愈下楼重新出现在人群里的时候,人们看他,就像他生来就是个瘸子一样了。

我说过,一个村子不论人口多少,没有几个瘸子瞎子聋子之类,是不正常的。那样就像没有天神存在一样。所以,瘸子架着拐杖出现在大家面前时,有人下意识就抬头去看天上。瘸子就对看天的人骂:"呸!"

他还是对虚空上那个存在有顾忌的,所以,不敢把后面那两个字骂出口来。

后来,村里出了第二个瘸子。这个新瘸子以前有名字,但他瘸了以后,人们就都叫他小嘎多了。那年二十六岁的小嘎多,肩着一条褡裢去邻村走亲戚。褡裢里装的是这一带乡村寻常的礼物:一条腌猪腿,一小袋茶叶,两瓶白酒,和给亲戚家姑娘的一块花布。对了,他喜欢那个姑娘,他想去看看那个姑娘。路上,他碰见了一辆爆了轮胎的卡车。卡车装了超量的木头,把轮胎压爆了。小嘎多人老实,手巧,爱鼓捣个机器什么的,而且有的是一把子用不完的力气。所以,他主动上去帮忙。装好轮胎,司机主动提出要搭他一段。其实,顺着公路,还有五公里,要是不走公路,翻一个小小的山口,三里路就到那个庄稼地全部斜挂在一片缓坡上的村庄了。

他还是爬到了车厢上面。

这辆卡车装的木头真是太多了。走在坑坑洼洼的路上,像个醉汉一样摇摇晃晃。小嘎多把腿伸在两根粗大的木头之间的缝隙里,才算是坐得稳当了。他坐在车顶上。风呼呼地吹来。风中饱含着秋天整个森林地带特别干爽的芬芳的味道,满山红色与黄色斑驳的秋叶,在阳光下显得那么饱满而明亮。

有一阵子,他前往的那个村子被大片的树林遮住了。很快,那个村子在卡车转过一个山弯时重新显现出来,在一段倾斜的路面,卡车又一只轮胎砰然一声爆炸了。卡车猛然侧向一边,差一点就翻倒在地。但是,这个大家伙,它摇晃着挣扎着向前驶出一点,在平坦的路面上稳住了身子。小嘎多没有感觉到痛。卡车摇晃的时候,车上的木头错动,他木头之间的双腿发出了骨头的碎裂声。他的脸马上就白了,赞叹一样惊呼了一声,就昏过去了。

小嘎多再也没能走到邻村的亲戚家。

医院用现代医术保住了他的命,医院像锯木头一样锯掉了他半条腿。他还不花一分钱,得到了一条假腿,更不用说他那副光闪闪的灵巧的金属拐杖了。那辆卡车的单位负责了所有开销。这一切,都让老嘎多自愧不如。小嘎多也进了护秋组,拿着面铜锣在地头上哐哐敲打。两个瘸子在某一处地头上相遇了,就放下拐杖晒着太阳歇一口气。两个人静默了一阵,小嘎多对老嘎多说,你那也就是比较大的皮外伤。你的骨头好好的,不就是断了一条筋嘛,要是到医院,轻轻松松就给你接上了。去过医院的人,都会从那里学到一些医学知识。小嘎多叹口气,卷起裤腿,解下带子与扣子,把假腿取出来放在一边,眼里露出了伤心之色。老嘎多就更加伤心了。自己没有上过医院,躺在家里的火塘边,每天嚼些草药敷在创口上。那伤口臭烘烘的,差不多用了两年时间才完全愈合。他叹息,小嘎多想,他马上就要自叹可怜了。老嘎多开口了,他没有自怨自怜,语气却有些愤愤不平:"有条假腿就得意了,告诉你,我们这么小的村子里,只容得下一个瘸子,你,我,哪一个让老天爷先收走还不一定呢!"

老嘎多说完话,起身架好拐,在哐哐的锣声中走开了。雀鸟们在他面前腾空而起。那么响的锣声并不能使它们害怕。它们就在那锣声上面盘旋。锣声一远,它们又一收翅膀,一头扎进穗子饱满

222

的麦地里去了。

小嘎多好像有些伤心，又好像不是伤心，他也不会去分析自己。他把假腿接在断腿处，系上带子，扣上扣子，立起身来时，听到真假肢相接处，有咔咔的脆响。假腿磨到真腿的断面，有种可以忍受却又锐利的痛楚。他没有去看天，他没有想自己瘸腿是因为上天有个老家伙暗中做了安排。但现在，看着老嘎多慢慢走远的背影，他想："老天要是真把老嘎多收走，那他也算是解脱出来了。"

他的心里因此生出了些深深的怜悯，第二天下地时，他怀里揣着小瓶子，瓶子里有两三口白酒。

到地头坐下时，他就从怀里掏出这酒来递给比他老的，比他可怜的瘸子。

整个秋天，差不多每天如此。每天，两个瘸子也不说话，老嘎多接过酒瓶，一仰脸，把酒倒进嘴里，然后，各自走开。

这样到了第二年的秋天，老嘎多忍不住了，说："妈的，看你这样子，敢情从来没有想过老天爷要把你收走。"

小嘎多脸上的笑容很开朗，的确，他一直就都是这么想的："老天爷的道理就是老的比小的先走。"

老嘎多也笑了："呸！婊子！你也不想想，老天爷兴许也有个出错的时候。"

"老天爷又不会喝醉酒。"

说到这里，小嘎多才真的意识到自己还很年轻，不能这么年轻就在护秋组里跟麻雀逗着玩。

从山坡上望下去，村里健全的劳动力都集中在修水电站的工地上，以致成熟的麦地迟迟没有开镰。

他说："妈的，老子不想干这么没意思的活，老子要学发电。"

老嘎多就笑了，这是他第一次看见老嘎多脸上的肌肉因为笑而挤出了好多深刻的皱纹。于是，这一天，他又讲了好些能让人发笑的话。老嘎多真的就又笑了两次。两次过后，他就把笑容收拾起来，说这世界上并没有什么值得人高兴的事情。小嘎多心上对这个人生出了怜悯，第一次想，对一个小村子来说，两个瘸子好像是太多了。如果老天爷真要收去一个的话……那还是让他把老嘎多收走吧，因为对他来说，活在这个世上好像太难太难了。而自己还这么年轻，不该天天在这地头上敲着铜锣驱赶麻雀了。

有了这个想法，他立即就去找领导："我是一个瘸子，我应该去学一门技术。"

"那个嘎多比你还先瘸呢。"

"那个笨蛋，你们真要送他去学发电，我也没有什么意见。"领导当然不能让那个笨蛋去学习发电这么先进的事情。小嘎多却是一个脑瓜灵活的家伙。他提出这个要求就忙自己的去了。几天后,他得到通知,让他收拾东西,在大队部开了证明去县里的小水电培训班报到。

"真的啊?!"他拿着刚刚印上了大红印章的证明还不敢相信这竟是真的。他坐在地头起了这么一个念头,没想到过不了几天,这个听起来都荒唐的愿望竟成为了现实。"为什么?"

领导说:"不是说村里就没有比你更聪明的人,只不过他们都是手脚齐全的壮劳力,好事情就落在你头上了。"

小嘎多不怒不恼,临出发前一天还拿着铜锣在地边上驱赶雀鸟。不多时他就碰上了老嘎多。这家伙挂着一副拐,站在那些歪斜着身子的草人身边,自己也摇摇晃晃一身破烂像一个草人。

小嘎多就说:"伙计,站稳了,不要摇晃,摇晃也吓不跑雀鸟。"

"呸! 婊子!"

"不要骂我,村里就我们两个瘸子,等我一走,你想我的时候都见不着我了。"

"呸!"

"你不是说一个村里不能同时有两个瘸子吗? 至少我离开这半年里,你就可以安心了。"说着,他伸出手来,说,"来,我们也学电影里的朋友握个手。"

老嘎多拐着腿艰难地从麦地里走出来，伸出手来跟他握了一下。小嘎多心情很好，他从怀里掏出一个酒瓶，脸上夸张地显出陶醉的模样，老嘎多的鼻头子一下子就红了起来，他连酒味都还没有闻到，就显出醉了的模样。他伸出去接酒瓶的手都一直在哆嗦。老嘎多就这么从小嘎多手里抓过酒瓶，用嘴咬开塞子，"咕咚"一声，倒进肚里的好像不是一口沁凉的水，而是一块滚烫的冰。

他就这么接连往肚子里投下好几块滚烫的冰，然后，才深深地一声长叹，跌坐在地上。他想说什么，但又什么都没说。他眼里有点依依不舍的神情，但很快，又被愤怒的神色遮掩住了。

两个瘸子就这么在地头上呆坐了一阵，小嘎多站起身来，假肢的关节发出叽叽的脆响："那么，就这样吧。反正有好些日子，机村又只有你一个瘸子了。"

老嘎多还是不说话。

小嘎多又说："等我回来，等到机村天空下又有了两个瘸子，老天爷看不惯，让他决定随便除掉我们中间的哪一个吧。"说完，他就往山坡下扬长而去了。他手里舞动着的金属拐杖在太阳底下闪闪发光。

等到小嘎多培训回来，水电站就要使机村大放光明的时候，老嘎多已经死去很多时候了。水电站正式发电那天，村里的男人围

226

坐在发电房的水轮机四周。当水流冲转了机器,机器发出了电力,当小嘎多合上了电闸,飞快的电流把机村点亮,他仿佛看见老嘎多就坐在这些人中间,脸上堆着很多很多的皱纹,他知道,这是那个人做出了笑脸。

德格:湖山之间,故事流传

王啊,今天我要把你的故事还给你,我要走出你的故事了。这是一个小说家的宿命,从一个故事向另一个故事漂泊。

总摄大地的雪山

我在小说《格萨尔王》中，如此描写了康巴这片大荒之野：

康巴，每一片草原都犹如一只大鼓，四周平坦如砥，腹部微微隆起，那中央的里面，仿佛涌动着鼓点的节奏，也仿佛有一颗巨大的心脏在咚咚跳动。而草原四周，被说唱人形容为栅栏的参差雪山，像猛兽列队奔驰在天边。

躺在一片草原中央，周围流云飘拂，心跳与大地的起伏契合了，因此，由于共同节律而产生出某种让人自感伟大的幻觉。站起身来，准备继续深入时，刚才还自感伟岸的人立时就四顾茫然。往前是宽广的草原，往后是来路，往左，是某一条河和河岸边宽阔的沼泽带，往右，草原的边缘出现了一个峡口，大地俯冲而下。来到峡口边缘，看见河流曲折穿行于森林与草甸之间。河流迅速壮大，峡谷越发幽深开阔，从游牧的草原上，看到了峡谷中的人烟，看到农耕的田野与村庄渐次出现。

这是我在青藏高原无休止的旅行中常常出现的情形，身后是那顶过了一夜还未及收拾的帐篷。风在吹，筑巢于浅草丛中的云雀乘风把小小的身子和尖厉的叫声直射向天空。其实，要重新拾回方向感很简单，只需回到山下，回到停在某一公路边的汽车旁，取出一本地图，公路就是地图上纵横曲折的红色线条。

但除了这种抽象的方位感，我需要来自大地的切实的指引。

因此，要去寻找一座巍然挺立的雪山。

康巴大地，唯有一座雪山能将周围的大地汇集起来，成为一个具有召唤性的高地。作为这片大地宿命的跋涉者，向着雪山靠近的本能是无从拒绝的。于是，从海拔三千多米的草原逆一条溪流而上。四千米左右是各色杜鹃盛开的夏天。再往上，山势越发陡峭，流石滩闪耀着刺眼的金属光泽，风毛菊属和景天属的植物在最短暂的东南季风中绽放。巨大的砾石滩下面，看不见的水在大声喧哗。由此知道，更高处的峭壁上，冰川与积雪在融化。从来没想要做登山家，也不想跟身体为难，只想上到五千多米的高度，去极目四望。在好些地区，这就是总摄四方的最高处。但在康巴，那些有名的雪山都是大家伙，海拔往往在六千米以上，仅在我追踪格萨尔踪迹的路上，从东南向西北，就一路耸立着木雅贡嘎、亚拉、措拉（雀儿山），再往西北而去，视野尽头，是黄河萦绕的阿尼玛卿。那我就上到相当于这些高峰的肩头那个位置。地图上标注的海拔总是这些山的最高处，而从古到今，不要说是人，就是高飞的鹰，也并不总是从最高处翻越。后来,总要发明什么的人发明了登山,才使很多人有了登顶的欲望。古往今来,路人只是从两峰之间的山口,或者从山峰的肩头越过某一座山。

在我,靠近一座雪山,不仅是路过,更是为了切实感受康巴大地的地理。特别是当我进行重述英雄史诗《格萨尔王传》的写作时,更需要熟悉其中一些雪山。因为这神话传奇产生的时候,大地上还没有地图所标示的那些道路,甚至也没有地图。在藏族人传统的表述中,康巴地区是"四水六岗"。"六岗"就是高原上六座雪山所总领的更高地,是奔涌大地的会集,人们瞩望的中心,更是上古时代就已经出现在人心灵之中的山神的居所。英雄格萨尔的故事产生的时候,古代的人们就这样感知大地。

因此,我必须要靠近这些雪山。

追寻格萨尔故事的踪迹,真正要靠近的就是措拉(雀儿山)。但到真的进入这个故事,真实的地理就显得虚幻迷离了。

光影变幻的高原湖:玉隆拉措

从成都西行,走国道318线,过康定,越折多山口,川藏线分为南北两路。

我上北路——国道317线，一路上可以遥望两座有出世之美的晶莹雪峰。一座是号称蜀山之王的木雅贡嘎，一座是四周环绕着如今丹巴、康定和道孚三县上万平方公里峡谷与草原的亚拉雪山。要在过去的旅行中，我早已停留下来了。但现在，我紧踩油门，只是从车窗里向外瞭望几眼。近三年来的目的地还在几百公里之外，是格萨尔的故事流传最盛，也是史诗中主人公诞生的地方：德格。被措拉雪山总摄的德格。

　　一天半后，终于到达了德格的门户，海拔三千八百八十米的小镇玛尼干戈。在加油站旁边的小饭馆吃完午餐，就可以遥望那座雪山了。这里，道路再次分岔，往西北，是格萨尔的出生地阿须草原。我并不急着就去故事的起始之地，我要在外围地带徘徊一番，多感受些气氛。一个寻找故事的人想体验一番被故事所撩拨的感觉。

　　而心绪真的就被撩拨了。

　　如果说神山是雄性的，那么总是出现在雪山下方，由冰川融水所滋养的湖泊就是阴性的。出玛尼干戈镇几公里，刚刚望见雪山晶莹的峰顶和飞悬在峭壁上的冰川，那面名叫玉隆拉措的湖就出现了。"措"在藏语里是阴性的，是湖泊的意思，也是女人名字里常用的一个词。这个湖还有一个汉语的名字：新路海（新道路边的海子?)。春夏时节,湖水并不十分清澈,融雪水带来的矿物质使湖水显出淡淡的天青色。湖岸上站立着柏树与云杉,云影停在湖中如在沉思。如果起一阵微风,花香荡漾起来,波光立时让一切明晰的影像失去轮廓。安静的湖顷刻间就纷乱起来,显出魅惑的一面。

故事里,这个湖是和格萨尔的爱妻珠牡联系在一起的。珠牡,据说是整个岭国最美丽的女子。故事里的男主人公刚刚出生,她就是令岭国众英雄垂涎的姑娘了。后来,格萨尔经历诸多磨难登上岭国王位,珠牡姑娘依然保持着青春,这才和另外十二个美女同时嫁给了年轻的国王。故事里,美丽的女人往往也是善良的。自古到今,传说故事的人们会无视现实中外在的美貌与内在的心灵之美常常相互分离的事实,总给漂亮的女人以美丽的心灵,或者说,给善良的女人以美丽的外貌。这或者是出于对美丽女人的崇拜,我更以为可能出于对心灵美好却容貌平凡的女子们的慈悲。

仅仅是这样的话,故事里的女主角还不够生动。

为了让故事生动,从古到今,讲故事的人已经发展出很多套路。在措拉雪山的冰川还很低很低,冰舌可能直接就伸入湖中的时候,那些讲故事的人们就知道这些伎俩了。于是,故事里那个常在这个漂亮湖泊里沐浴的珠牡,就常常面临着种种诱惑而抗拒着,也动摇着,身不由己。她曾亲自动身前去迎接格萨尔回来参加赛马大会和叔父争夺岭国王位。就在这样严肃的时刻,在去完成重要使命的路上,她就被路遇的印度王子弄得芳心激荡,因为"王子的眼窝仿佛幽深的水潭"。

这种软弱让故事中的女人复杂起来。

珠牡也常常被嫉妒所折磨。如果不是这样,她的姐妹王妃梅萨不会被魔王掳去。珠牡自己也不会被出卖给北方霍尔国的白帐王。在有些格萨尔故事的版本里,珠牡被掳后被白帐王强做夫妻的一幕真是活色生香。珠牡不从,但不是誓死不从,只是千方百计逃避被白帐王强占身体。这个有些神通的女人千变万化,化成种种动物与物件。但万物生生相克,那白帐王神通更胜一筹,自然就能变幻成能降服珠牡所变动物或物件。不觉间,带着悲愤之气的故事变成了男女征逐的游戏,而且这游戏还颇具情色意味。珠牡最后变幻成一枚针,便于藏匿,锋利扎人又不伤性命。好个白帐王,摇身一变,成了一根线,一根透迤婉转的线。线要穿过针,针要躲避线。缠绕,跳跃,躲闪,磕碰……终于那根坚硬的针却被柔软的线所穿过了。

岭国王后珠牡成了霍尔国王的妻子。九年之后,格萨尔才杀掉白帐王,把她夺回身边。

好多人问我,说一个国王怎么还会把这样的女人留在身边,而

235

且继续给她万千宠爱。我想，他们的意思是说，一个国王怎么可以容忍别的男人占有自己女人的身体。这是我无从回答的问题。珠牡也没有让这样的问题困扰过自己，回到岭国很多年后，故事里的她似乎仍然没有老去，其美貌依然沉鱼落雁。珠牡唯一一次为国出征，是和梅萨一起去木雅国盗取通过雪山的法宝。就在这样的重要时刻，她经不住另一面湖水的诱惑，一定要下去裸泳一番。弄不清楚讲故事的人是要写她爱个人卫生，还是想展示一下美丽的胴体。故事总是要包含些教训的，因此珠牡王后的这番身体展示让王妃梅萨被拘，使格萨尔这个妻子二度成了别国国王的爱宠。

在为了重述《格萨尔王传》这部史诗而奔波于康巴高原的将近三年时间里，每一次，当我经过如今被更多人叫做新路海的玉隆拉措时，我都会在湖边凝视一番，想一想这个湖，更是想一想故事里那个因为有过错，有缺点，反而因此生动起来的叫做珠牡的女人，这个被今天的藏族人所深爱的女人。

湖边，长得仿佛某种杜鹃的瑞香正在开花，浓烈到浑浊的香味使眼前的一切都有一种迷幻般色彩。英雄故事的阳刚部分还未显现，其阴柔的部分就已在眼前。

每次都是这样，都是先遭逢这个柔美的女性的湖，然后，才攀登上男性的有骁勇山神居住的措拉雪山。

德格:土司传奇

措拉(雀儿山)其实不是一座,而是一群雪山,五千米以上的山峰就有十七座,主峰绒麦峨扎海拔六千一百六十八米,耸立于尚未汇流东南向的金沙江与雅砻江两大峡谷之间。

国道 317 线从五千米出头一点的山口穿过。

东面的冰川造就了那个光影变幻的玉隆拉措,越过山口向西,大地带着一股凌厉之气急剧地俯冲而下,冰川与融雪哺育了一条河:濯曲。"曲"是藏语里又一个基本的地理名词,即汉语中的河。濯曲迅即下降,壮大,十几公里的距离内,汇集了高山草甸区伏地柏、红柳和鲜卑花灌丛纠结地带的众多溪流,很快就变成了一条白浪喧腾的河。有了力量的水,更迅疾地造出下降的地势,在坚硬的岩石中切出幽深的峡谷。桦树与杉树的峡谷,花楸树和栎树遮天蔽日的峡谷。快到德格县城更庆镇时,就二十公里左右,已经陡然下降了两千来米,河道和沿河公路两边壁立着万仞悬崖,按住头上的帽子仰面才能看到青天一线。冲出谷口,地势骤然平缓开敞,耕地、村落和寺庙依次出现。

藏学家任乃强先生二十世纪二三十年代曾到此游历考察,著有《德格土司世谱》，其中记载了这段峡谷的人文史。说在格萨尔王建立岭国几百年后，有一个岭国勇士，名叫洛珠刀登，"有女美而才，岭王求以为妃，许给一日犁地的聘礼。乃率其仆，沿濯曲南犁，暮达龚垭之年达，得长七十里之河谷。岭王因赐之。遂，得为有土地之独立小部落"。

"唯此段河谷，有三十余里为石灰岩之绝峡，仅半段为可耕地，亦甚促狭……当时民户，不超过三十家。"

到清朝中叶，奉格萨尔为祖先的岭部落日益衰落，洛珠刀登于濯曲弹丸之地起始的德格家族的势力却日益壮大，雍正年间，被清廷招抚，授安抚司衔。其辖地最盛时曾经领有金沙江两岸今四川与西藏德格、白玉、江达、石渠等县数万平方公里的土地和人民。

"洛珠刀登既受七十里之河谷封邑，卜宅于今德格县治所在。卜宅之初，曾筑渺小之花教寺庙……其后此寺发展为德格更庆寺，为康区一大花教（萨迦派）中心。"后更依托此寺，创建了德格印经院。

登巴泽仁土司执政时期，于筹建印经院建筑的同时，筹划印版的刻制工作。从雍正七年（1729）至清乾隆三年（1738）的近十年间，较大规模的刻版工作全面铺开，完成了《甘珠尔经》的编校、刻版和《丹珠尔经》的印版刻制。同时还完成了一些其他典籍的印版刻制工作,印版总数近十万块。此后,历代土司家族又主持编辑和刻制的重要文献数十部,共计三百四十多函,使德格印经院印版数超过二十万块。

到今天,德格印经院已有二百七十多年的历史,院藏各类典籍八百三十余部,木刻印版二十九万余块。院中浩瀚的印版、典籍对研究藏族历史、政治、经济、宗教、医学、科技、文学、艺术等具有极高的学术价值,引起海内外学界瞩目,成为一个保存并传布藏族传统文化的中心。

因了印经院的文化传播之需,德格地区的雕版术、手工制纸和印刷术得以保存发扬,成为当地引以为傲的非物质文化遗产。

颇有意思的一个现象是,德格土司家族崛起的历史,也是将格萨尔王奉为祖先,并将格萨尔王所开创的岭国视为基业的林葱土司家族逐渐衰亡的历史。这种此消彼长的关系应该包含着强烈的敌对因素。但在德格土司统辖的土地上,却依然将岭部落的祖先格萨尔视为一个伟大的英雄,像自己的祖宗一样引以为傲。

在德格印经院中,就珍藏有格萨尔画像的精美雕版,常有崇拜英雄的百姓去那里印刷,请回供奉,或作为珍贵礼物馈赠亲友。一位二十世纪三十年代进藏区学佛求法的汉族人也到过德格,他写道:"西康有一种风俗,印经的人要自备纸墨,另外还要付给印刷工人工资,这样就可以挑选自己喜欢的经版进行印刷。"

龚垭:千年城堡的废墟

离开德格县城沿濯曲(德格河)向西南方而下,在国道 317 线九百六十二公里处,一个地名叫做龚垭的地方,在河谷旁边山坡上一座规模不大的寺庙四周,和寺庙的基础上,有遥远时代遗留的许多土夯残墙。民间都相信,这里曾经是格萨尔同父异母的兄长,嘉察协噶当年镇守岭国南部的城堡残留。在寺院对面的山冈上,一道城墙的残迹宛然在目,顺山坡蜿蜒而上,连接着冈顶上一座四方形的破败城堡。看起来,这座还颇具形态的小城堡应该是主城堡的拱卫。嘉察协噶是格萨尔的父亲和其汉人妻子所生。在故事里,他也是一个善妒的角色,但这个汉藏混血的儿子,在岭国三十大将中最是正直勇猛,内心洁净而气度宽广。当年轻的国王沉迷于女色的魅惑,王妃珠牡被掳,身为重臣的叔父晁通背叛国王。在这样的危局下,嘉察协噶率军与霍尔大军抗衡,以少抗多,殒命沙场,留得忠烈之名世世传扬。庙里的喇嘛骄傲地向我展示两样东西。一只可以并列五支利箭的箭匣(称匣而不称袋,因为盛箭之物确是一个木雕的长方形盒子),说是嘉察的遗物。这种遗存,凡是格萨尔故事流传地区,到处皆有,我更相信其中纪念英雄的强烈情感。

另一个遗存,却使我吃惊。喇嘛指给我看护法神殿围墙上几块赭红色的石头,说那是嘉察协噶筑此城堡时的墙基。拿下一块来,沉甸甸的,却见赭红的带气泡的物质中包裹着大小不一的碎石。陪我寻访的当地专家泽尔多吉老师说,嘉察协噶城堡的墙基用熔化的铁矿石浇铸而成,发掘出来就是眼前这赭红而坚硬的东西,如石如铁。看来那个时代,熔铁的温度并不太高,所以这些含铁的矿石只是处于半熔解的状态,将其倾入挖好的地基,也足以牢牢地黏合在一起,在冷兵器时代牢不可破。

在外人的概念中,一到康定便算是进入了西藏,但本地人自古便不自称西藏,而称这片雪山耸峙、农耕的峡谷与游牧的草原相间的地方叫康巴。离开龚垭,沿濯曲往西南,就到了金沙江边。隔江望见一孤立的临江巨石上,两个用红漆描过的大字:西藏。金沙江在行政区划上,正是四川与西藏之间的界江。过去的牛皮船渡口,如今有一座岗托大桥相连。

濯曲(德格河)从此地汇入金沙江。

故事里的格萨尔远比实在的岭国国王勇武百倍,其疆域西接大食,南到印度,北接霍尔蒙古,东邻汉地,至少是整个青藏高原,甚至比之于青藏高原还要广。而历史上作为故事底本的那个岭国实际疆域却要小很多。那时候，因为交通不便，空间封闭，人们居住在一个小小的国中也会以为疆域广大。从原岭国疆域中崛起的德格土司占有如今几个县几万平方公里的土地后，也自诩为"天德格，地德格"，意思就是天地之间都是德格。

无论格萨尔还是后起的德格土司的伟业，同样都变成了日益遥远的故事，带着神秘与缥缈的美感。实实在在的是，河岸边的台地上，即将收割的麦子一片金黄。

金沙江边的兵器部落

没有过江的计划，便沿江岸而下，目的地是金沙江东岸的河坡乡。

那里，家户生产的"白玉藏刀"享誉藏区。传说这个峡谷中原本没有人烟，只有鸟迹兽踪，森林蔽日，瘴气弥漫。因为岭国有了冶铁之术，并在峡谷中发现了铁矿和铜矿，格萨尔便从西北部的黄河边草原上迁来整个部落，让他们在这里冶炼矿石，打造金属兵器。之后，岭国军队兵锋到处，所向披靡。

第一次到达这里，已是黄昏。

那些堡垒般的民居中，传来叮叮当当敲打铜铁的声音。在拜访的第一户人家天台上,摆放的不是兵器,而是寺院定制的金顶构件:铜瓦脊,铜经幢。

第三户人家在打造各型刀具。

我把拜访兵器部落的经过写在了小说《格萨尔王》里。只是我已经成了小说里的说唱人晋美:

> 那天,长者带他来到山谷里一个村庄。长者的家也在这个村庄。金沙江就在窗外的山崖下奔流,房子四周的庄稼地里,土豆与蚕豆正在开花。这是个被江声与花香包围的村庄。长者一家正在休息。三个小孩面孔脏污而眼睛明亮,一个沉稳的中年男子,一个略显憔悴的中年妇女。他们脸上都露出了平静的笑容。晋美想,这是和睦的一家三代。长者看看他,猜出了他的心思,说:"我的弟弟,我们共同的妻子,我们共同的孩子,大儿子出家当了喇嘛。"长者又说:"哦,你又不是外族人,为什么对此感到这般惊奇?"

> 说唱人不好意思了,在自己出生的村庄,也有这种兄弟共妻的家庭,但他还是露出了惊奇的神情。好在长者没有继续这个话题,他打开一扇门,一个铁器作坊展现在眼前:炼铁炉、羊皮鼓风袋、厚重的木头案子、夹具、锤子、锉刀。屋子里充溢着成形的铁器淬火时水汽蒸腾的味道,还有用砂轮打磨刀剑的刃

口时四处飞溅的火星的味道。未成形的铁，半成品的铁散落在整个房间，而在面向窗口的木架上，成形的刀剑从大到小，依次排列，闪烁着寒光。长者没等他说话就看出了他的心思，说："是的，我们一代一代人都还干着这个营生，从格萨尔时代就开始了，不是我们一家，是整个村子所有的人家，不是我们一个村子，是沿着江岸所有的村庄。"长者眼中有了某种失落的神情，"但是，现在我们不造箭了，刀也不用在战场了。伟大的兵器部落变成了农民和牧民的铁匠。我们也是给旅游局打造定制产品的铁匠。"长者送了他一把短刀，略为弯曲的刀把，比一个人中指略长的刀身，说这保留了格萨尔水晶刀的模样。

我是在去往河坡的路上遇到这个老者的。我也将路遇这个老者的情形搬演到了小说里：

在路上，说唱人遇到了一个和颜悦色的长者，他的水晶眼镜片模糊了，就坐在那里细细研磨。长者问他："看来你正苦恼不堪。""我不行了。"他的意思是，听到的好多故事把自己搞糊涂了。

长者从泉眼边起身说："不行了，不行了。"他把说唱人带到大路旁的一堵石崖边，"我没戴眼镜看不清楚，你的眼睛好使，看看这像什么。"那是一个手臂粗的圆柱体在坚硬的山崖上开出的一个沟槽。像一个男性生殖器的形状。但他没有直接说出来，他只说："这话说出来太粗鲁了。"

长者大笑，说："粗鲁？神天天听文雅的话，就想听点粗鲁的，看，这是一个大鸡巴留下来！一根非凡的大鸡巴！"

长者给他讲了一个故事。当年格萨尔在魔国滞留多年，在回到岭国的路上，他想自己那么多年日日弦歌，夜夜酒色，可能那话儿已经失去威猛了。当下掏出东西试试，就在岩石上留下了这鲜明的印痕。长者拉过他的手，把那惟妙惟肖的痕迹细细抚摸。那地方，被人抚摸了千遍万遍，圆润而又光滑。然后，长者说："现在回家去，你会像头种马一样威猛无比。"

后来，我向老者表达过我的疑问——格萨尔征服了霍尔回来不可能经过这个地方。因为霍尔在北方，岭国的王城也在北方。这里却差不多是南方边界，是嘉察协噶镇守过的边疆。

老者不说话，看着我，直到我和他分手，离开他的民间知识视野所覆盖的地盘，他才开口问我："为什么非要故事就发生在真正发生的地方？"

我当然无从回答，但对一个写小说的人来说，这句话给了我很大的启发。

从河坡继续沿金沙江而下可到白玉。从白玉沿金沙江继续南下可到川藏南路的巴塘。从白玉转向东北，可以到甘孜。在白玉和甘孜界山南坡，有一大自然奇观，古代冰川退缩后，留下的巨大的冰川漂砾滩。浅草长在成阵的巨石之间，质地坚硬的褐色苔藓覆盖了石头的表面。高原的风劲吹，天空低垂，一派地老天荒之感。

格萨尔故乡：阿须草原

但我不走这两条道路，我退回德格。由西向东翻越措拉（雀儿山）山口，回玛尼干戈镇，离开国道，上省道217线，再次从措拉（雀儿山）左肩翻越去西北方向。

我喜欢感觉到雪山总摄了大地。德格在措拉的西南，而我现在要去的地方是在雪山的西北，龙胆科和飞燕草花期的草甸，雪山，冰川。就在冰川舌尖下面，是远近闻名的宁玛派名刹竹庆寺。

旅游指南上说："寺院所在的雪山上下布满成就者的修行山洞与道场，是极具加持力的修行圣地。"还看到一则材料，说这个寺院僧人并不多，但因为在藏传佛教各教派中，这个寺院不热心参与政治,所以喇嘛们潜心修持,有成就者不在少数,他们利乐众生,其影响远在藏区之外。我就曾在某年八月,躬逢法会,数万信众聚集而来,聆听佛音,信众中有许多是远道而来的港台信徒。在格鲁派寺院中禁止僧人念诵格萨尔这个本土神人故事的时候,这个寺院却创作了一出格萨尔戏剧,不时排演。我没有遇到过大戏上演,但看见过寺院演剧用的格萨尔与其手下三十大将的面具,各见性情,做工精良。

说德格是格萨尔故乡,一来是指格萨尔似乎真的出生于此,更重要的,此领域内对这个神化了的英雄人物百般崇奉。一次,我们停下车来远眺雪山,路边一个康巴汉子猛然就向汽车扑来。同车人大惊,以为有人劫道,结果那条康巴大汉扑到车上只是为了用额头碰触贴在车窗上的格萨尔画像。

现在,我们到了措拉(雀儿山)的西北方。道路在下降,这下降是缓缓地盘旋而下。从山口下降一千米左右,然后,草原与河谷两边的浑圆山丘幅面宽阔地铺展开去,仿佛一声浩叹,深沉又辽远。

这就是阿须草原,史诗中主人公的生身之地。

丛生的红柳和沙棘林,掩映着东南向的浩荡雅砻江水。每次来到这里,都是这个月份,草原上正是蓝色花的季节:翠雀、乌头、勿忘草。但纯粹是"拈花惹草"，并不需要如此深入康巴的腹地。高原边缘那些正迎着东南季风的地带，多种多样的植物往往带来更多的变化与惊喜。我三到阿须，都是为了追寻英雄故事的遗迹。

第一次到阿须是一个下午，岔岔寺的巴伽活佛在格萨尔庙前搭了迎客的帐房，僧人们脱去袈裟，换上色彩强烈的戏服，为我们搬演格萨尔降魔的戏剧。那次我没有主动去与活佛认识，而急于央人带我去寻找格萨尔降生时在这片草原上留下的种种神迹。

牧区的妇女都不在家中分娩，看来是古风遗传。在阿须，格萨尔作为神子下界投胎时，其落地处就在阿须草原一块青蛙状的岩石下面。这个地方，在千年之后还在享受百姓的香火。

还有一个遗迹当地百姓也深信不疑，草原上一块岩石上有一个光滑的坑洼，正好能容下一个小孩的身躯。人们说，那是格萨尔刚刚出生不久，其叔父晁通要置将来的国王于死地，把那孩子在岩石上死命摔打，结果，格萨尔有神灵护佑，毫发无伤，倒是柔软的身躯在岩石上留下了等身的印痕。直到今天，这还是格萨尔具有神力的一个明证。

如此长存于岩石上的还有一个格萨尔屁股的印痕。他刚刚出生三天，有巨大的魔鸟来此作恶，神变小子背倚岩石弯弓搭箭，射死了魔鸟，也许是用力过度，将此印痕长留人间。

英雄故事的悠长余韵留给后人不断回味，功业却不能持久保留。所谓霸业江山比之于地理要经历更多的沧海桑田。

学者们差不多一致推断，格萨尔生活在一千多年前。到了清道光年间，将格萨尔奉为祖先的林葱家族只是清朝册封的一介小土司了。作为英雄之后，回味一下祖先的荣光也是一种合理的精神需求。土司家族便在有上述遗迹的河滩草地上建起了一座家庙，供奉祖先和手下诸多英雄的塑像。据说庙中曾珍藏有格萨尔的象牙印章，以及格萨尔与手下英雄使过的宝剑和铠甲等一应兵器。老庙毁于"文化大革命"，林葱家族也更加衰败。直到1999年，由附近的岔岔寺巴伽活佛主其事，得政府和社会资助，这座土司家族的家庙以格萨尔纪念堂的名义恢复重建。加上纪念堂前格萨尔身跨战马的高大塑像，成为当地政府力推的一个重要景点。前不久，我还在成都见了巴伽活佛，在一家名叫祖母厨房的西餐馆里就着牛排感慨一番那个后继乏人的英雄家族。

还曾在那座塑像前听说唱艺人演唱格萨尔故事的片段。

第三次去阿须，小说《格萨尔王》即将出版。我第一次走进了那座安静的小庙。在院中柳树荫下，安卧着一只藏羚羊，它面对快门咔嚓作响的相机不惊不诧。护院人说，这野物受了伤被人送到庙里，现在伤好得差不多了，该放其归山了，但看样子，它倒不大想离开了。

这是我第一次走进这座小庙，在格萨尔塑像前献了一条哈达，我没有祈祷，我只是默念：王啊，今天我要把你的故事还给你，我要走出你的故事了。这是一个小说家的宿命，从一个故事向另一个故事漂泊。完成一个故事，就意味着你要离开了。借用艺人们比兴丰沛的唱词吧：

> 雪山老狮要远走，
>
> 是小狮的爪牙已锋利了。
>
> 十五的月亮将西沉，
>
> 是东方的太阳升起来了。

在小说的结尾，我也让回到天上继续为神的格萨尔把说唱人的故事收走了。因为那个说唱人已经很累了。

说唱人把故事还给神，也让我设计在了这个地方。

失去故事的说唱人从此留在了这个地方。他经常去摸索着打扫那个陈列着岭国君臣塑像的大殿，就这样一天天老去，有人参观时，庙里会播放他那最后的唱段。这时，他会仰起脸来凝神倾听，脸上浮现出茫然的笑颜。没人的时候，他会抚摸那支箭，那真是一支铁箭，有着铁的冰凉，有着铁粗重的质感。

赞拉土司传奇

清代的赞拉土司，却是被称为"嘉绒甲卡确基"的嘉绒十八土司之一。

嘉绒的贵族多数在吐蕃统治时期从西藏本土东迁而来。在嘉绒当地的口头传说和土司家族志中，不约而同地都提到祖先来自西藏本部距拉萨十八个马程的西北琼部。

传说古代西藏的琼部地方人口众多，共衍生为三十九族，因其地日渐贫瘠而东迁至青藏高原东北边缘地带的大渡河流域和岷江流域的嘉绒地方。

西藏的吐蕃政权分崩离析后，这些贵胄家族各自拥兵自重，凭借深谷高山的自然屏障，自成一方小国。贵族们都自称"嘉尔波"，也就是国王的意思。但是小国寡民的日子并不能历之久远。

元代以后，蒙古统治者的势力席卷青藏高原。

元代是在整个藏区施行不同统治方式的开始。在西藏本土，利用新崛起的萨迦教派势力，分封若干万户。而在青藏高原东部开始实行土司制度。明王朝在少数民族问题上可能是最无建树的一个王朝，基本沿用了元代在藏区的统治方式。

满清一代，满族人入关抵达中原后，正式在整个嘉绒地区分封了土司。土司制度最为繁荣的时期，嘉绒全境共有满清政府所册封的十八个土司，俗称嘉绒十八土。大渡河上游以莫尔多神山为中心的大小金川流域正是十八土司辖地上嘉绒宗教文化的中心地带。

其中，小金川流域内，即今天的小金县境内，是赞拉与沃日两个土司。

"赞拉"一词，在藏族中有凶神的意思。当地人相信，所以有此一词一是因为当地藏兵能征惯战，加之境内多高山深谷，这些高山又大多是莫尔多神山属下的配臣与武将，是嘉木莫尔多的护卫之神，所以得此地名。

后来，地名又演化为土司之名。

小金川的赞拉土司，与大金川的促浸土司，本是同根所生。藏语中的说法是，出自同一种骨头。同一种骨头，就是同一个根子。根子在藏语中是一个很短促，也很神圣的词，叫"尼"。意译成汉语是血缘的意思。

这个来自西藏琼部的家族在嘉绒地区得到了很好的发展。在明代，一个族长叫做哈依木拉的，其名声已经传到很远很远的地方。我问过给我讲述这个传说的老僧人，这个很远到底有多远，传过了几条河，几座山？在民间传说中，常常说，九十九条河，九十九座山，但那只是一种形容，在实际的地理范围内，是不可以想象的，要真是出现这种情况的话，早就抵达大洋之岸，叫人望洋兴叹了。

远和近，是一个相对的概念。

这和知识与眼界有关。就在二十世纪五十年代，一个在嘉绒本地特别具有文韬武略的头人，一个在部落战争中差不多无往不胜，日益扩张着地盘的头人就曾很天真地问解放军派去的谈判代表："中国大还是我的地盘大。"

于是，人民政府便邀请他走出大山参观。骑了几天马，他的双脚就走出了自己的领地。但在内地，他坐飞机，坐汽车，坐火车，一两个月还没有把他试图要跟自己的领地一比大小的中国走完。

这是另一个故事了，当时的故事是，我坐在一个小庙里，很唐突地问那个老喇嘛，很远到底是多远。

老喇嘛不解地看着我，然后猛烈咳嗽起来。

他没有回答，我想也用不着回答。再说，我也不该拿这种玄妙的问题去为难这位对具有干部身份的人总是十分谦卑的喇嘛。毕竟，他还告诉了我很多有用的东西。

有了这次访问，我便知道，这位哈依木拉是位法力高强的苯教法师，所以被明代某皇帝赐印一方，誉为演化禅师。清康熙五年（公元1666年），清王朝为其家族重颁演化禅师印信。这个家族臣服清王朝后，其土兵服从清王朝征调，随同大将军岳钟琪远征西藏本土，击退入侵西藏的尼泊尔人，有功归来后，其家族分授促浸与赞拉土司。关于这段史实，清代大学者魏源在《乾隆初定金川土司记》中也有记载：

> 一促浸水出松潘，徼外西藏地，经党坝而入土司境，颇深阔，是为大金川。其赞拉水源较近，是为小金川。皆以临河有金矿得名。二水皆自东北而西南。

康熙五年，其土司嘉勒巴内附，给演化禅师印，俾领其众。其庶孙莎罗奔者，以土舍将兵，从将军岳钟琪，征西藏羊峒番有功，雍正元年奏授金川安抚司。莎罗奔自号大金川，而以旧土司泽旺为小金川。莎罗奔以其女阿扣妻泽旺。泽旺懦，为妻所制。

这其中，即或是清代学人中多愿研究地理的魏源也犯了一个不小的错误。促浸的大金川源出于青海，而非松潘。松潘自明代以来，就是川西北一个军事位置重要的边地要塞，但松潘城旁所出之水，却是大渡河以北地带的岷江。这两条在川西北群山中奔流的大河在进入四川盆地后，在乐山大佛脚下和青衣江一起三江汇合而成继续流向东南，在著名的酒城宜宾与金沙江汇合，才是一泻千里的浩荡长江。

到清朝乾隆年间，赞拉土司走向了自己的末日，最初的起因在前面所引魏源那段文字中已见端倪，乾隆十一年（1746年），大金川土司莎罗奔借处理家族纠纷之名，夺小金川土司印，并进占其所领牧地。次年，莎罗奔又进而侵占邻近的革布什杂土司与明正土司领地，朝廷震动，命令曾在贵州平定苗族叛乱有功的云贵总督张广泗领大军进剿。赞拉土司泽旺逃往四川成都。乾隆十三年，皇帝起用老将岳钟琪，并命大学士讷亲往前线督战。后因战事不力，在前线连吃败仗,乾隆下诏将张广泗与讷亲问斩。再派大学士傅恒督战军前。

乾隆十四年,金川之役久战不绝,劳师费帑,清王朝正举棋不定之时,莎罗奔主动提出向朝廷议和归降,皇帝允准,莎罗奔归赞拉土司领地。赞拉土司泽旺恢复对其辖地的管辖权。

促浸土司莎罗奔年老后,由其侄子郎卡继土司位。

乾隆二十三年,郎卡又开始觊觎周围土司领地。邻近老迈而又生性懦弱的赞拉土司泽旺被郎卡派兵驱逐。于是,一次完全改变这一地区政治与文化面貌的战争开始蕴酿。郎卡在驱逐了泽旺后,志骄意得,完全不把四川总督开泰要他归还赞拉土司领地的威胁放在眼里,并继续向周围的土司领地不断袭扰,制造事端。郎卡势力日益坐大,并不把清王朝几次三番的训谕放在眼里。

这固然与郎卡土司的夜郎自大有关,也与四川总督优柔寡断,对在地形复杂的高山深谷中与当地土兵作战心存疑惧有关。

从清朝一代,直至民国,代表中央政府号令藏边的政府官员都把嘉绒地区的土司辖地视为畏途。一则不见于正史,却在四川官员中广泛流传的野史正说明了他们这种畏惧的心理。这一则被署理四川的各级朝廷命官奉为信史的传说与大渡河相关。

说的是宋朝开国皇帝赵匡胤开国之初,展开地图与众将确定宋代的有效疆界时,就把大渡河以西的广大崇山峻岭地区归为化外之地。传说里说宋太祖以所佩玉斧沿大渡河划出一条线,指出宋军不能出河西以远。

这样一则不见于信史的传说在四川官吏中的广泛流传,确实是大有深意的。

正是在这样一种心理的支配下,四川命官对于名义上具有统辖权的嘉绒地区土司间的纠纷总愿意视而不见。正是在这样一种吏治之下,大金川土司郎卡才敢于把来自朝廷的警告置若罔闻。而乾隆皇帝对于这样的轻忽是绝对不能容忍的。他认为第一次息兵于将胜之时,已经尽显朝廷对化外之民的怀柔之意,金川土司再次作乱,不能再有姑息。于是于乾隆三十一年诏四川总督阿尔泰檄促浸附近杂谷、梭磨、党坝等九土司,从四面进兵讨伐。

但是阿尔泰举棋不定,加之九土司各怀心事,阳奉阴违,迟迟不能向大金川兴兵。

阿尔泰只是一次次训令大金川土司郎卡归还侵占的土司辖地,却并没有认真进兵平息事端的实际举措。而郎卡又使用莎罗奔的手段,即与相邻土司的联姻手段。

关于这次事件始末,魏源在《乾隆再定金川土司记》中有简略的记载:

三十一年,诏谕总督阿尔泰檄九土司,环攻之,而阿尔泰姑息,但谕返诸土司侵地,即以安抚司印给郎卡,且许其与绰斯甲结姻。而以女妻泽旺之子僧格桑。……土司中巴旺、党坝,皆弹九非金川敌。其明正、瓦寺亦形势阻隔,其兵力堪敌金川。而地相僵者莫如绰斯甲与小金川。阿尔泰不知离其党羽,反听释仇结约,由是两金川狼狈为奸,诸小土司皆不敢抗,而边衅棘矣。

这段文字,主要是谴责满人总督阿尔泰的,但从中,我们也可以看出嘉绒人郎卡这位一代枭雄颇富雄才大略。直到今天,在很多当地百姓心目中,郎卡还是一个传奇人物。很多人都会十分遗憾地说,如果他治下有像清朝一样广大的国土与兵力,如果周遭的嘉绒土司不听清帝差遣,助满、汉兵攻打,历史可能是另外一种样子。但是,我们知道,历史是不可以假设的。

但仅从魏源那段文字,我们就可以看出郎卡这个满怀野心的土司在地缘政治上也有着相当的谋略。巴旺土司境在现在的丹巴县,地在大金川东南。党坝土司位在大金川土司辖地以北,现在的辖地不过是马尔康县境不到两个乡的地面。这一南一北两土司面对大金川咄咄逼人的姿态,一向唯唯诺诺,绝无与之强力抗衡的力量。而其他兵强马壮,更具实力的土司如梭磨、杂谷、瓦寺等,又山河阻隔,不与大金川直接接壤,没有实际的利益冲突。唯一对郎卡扩张野心形成阻碍的,就是东西两面的小金川土司与绰斯甲了。而郎卡又以联姻的方式将其拉到了自己的一边。

而这种势力的急剧膨胀,进一步刺激了大金川土司的野心,而满清重臣的首鼠两端只是使其更加狂妄。

于是,一场完全改变了嘉绒藏区面貌的大战就在所难免了。

这时,郎卡年老病故,泽旺自来懦弱,大小金川土司职柄由两人的儿子掌握,两个年轻气盛的土司加速了事件的演进。

还是再来征引魏源的记载:

> 时泽旺老病不知事,郎卡亦旋死,其子索诺木与僧格桑,侵鄂克什土司地。三十六年,索诺木诱杀革布什扎土官。僧格桑亦再攻鄂克什及明正土司。我兵往护鄂克什,僧格桑与官兵战。事闻,上以前此出兵,本以救小金川,今小金川悖逆,罪不赦。阿尔泰历载养痈,至是又按兵打箭炉,半载不进。罢其职,即而赐死。命大学士温福自云南赴四川。以桂林代阿尔泰共讨贼。

在乾隆皇帝一道又一道御旨的催促下,温福领兵出成都经都江堰,逆岷江上行至现今阿坝州内的映秀。转向瓦寺土司辖地的今天卧龙自然保护区的耿达沟,越巴郎山直抵小金川土司东边险要门户,海拔四千多米的巴郎山。桂林领兵顺大渡河而上至打箭炉,以此为前进基地,从今丹巴县境内直出南路。大兵压境之时,小金川土司泽旺之子僧格桑向索诺木割地求援,索诺木方才派兵驰援。

闻听此消息,在北京紫禁城里的乾隆皇帝连连下旨,指导遥远的西方战事。并对小金川土司深恶痛绝,下定了铲除之心。他在三十六年八月的一道谕旨中说:

> 前谕于擒获僧格桑后,别择小金川安分妥当之人立为土司,俾令管理。今思小金川可作土司之人不外僧格桑支属,此等蕃夷锢蔽已深,积习恐难渐改,况与金川又属姻亲,易于盅惑,难保日久不复滋事。莫若于凶渠就获之时,即将小金川所有地方,量其边界,附近如鄂克什、明正、木坪、杂谷等土司分拨管辖整理,不必复存小金川土司之名,庶该处蕃众旧染潜移,各知驯谨畏法。

至此,小金川土司的命运已经决定,剩下的只是上演一场血与火为主题的历史戏剧了。

一场早已决定了结局的历史大戏。

嘉绒土司僧格桑们用尽一切智慧与武力,流尽这片土地上人们滚烫的鲜血,其作用也无非是使这幕大戏上演得更加曲折,更加轰轰烈烈。

登上小金县城美兴镇后的岩石嶙峋的山坡,我的眼前出现的不再是史书中所描绘的那种石碉林立,关卡处处,兵戈四起的景象,而镇子周围的乡村也不再是一个藏族地区所应有的那种乡野的风景与情致。

那场惨烈战争的厮杀声已经消逝在时间深处,历史的背影从来没有像今天这样遥远而模糊。我甚至找不到一个人,找不到一个凭吊的地方。按照记载,赞拉土司的官寨应该曾在小金县城那些汉式民居中间的某个地方静静耸立,但是,没有一石一柱,一段残墙,一点画栋,透露一点隐约的消息,指出它大概所在的位置。

在藏民族社会中,文字在很早很早的时候就发明了。

但是,十分不幸的是,这文字很快就走入了寺院的高墙,记录了僧人们许许多多难测其高深的玄思妙想,却没有流布民间,为后人留下一段历史面目清晰的记录。在一个寺院,我问一个据认为是该寺中最有学问的喇嘛,这个寺院有多长的历史了,他正正经经地回答我说有一万多年。我当然不会同意他的看法。我不用援引世界公认的进化论,说人类获得智慧才多少多少年。我只是说佛教的始祖释迦牟尼才诞生多少多少年,一个佛教寺院比这个宗教创始人历史还长是多么不可思议。喇嘛生气了,在很多人面前宣布我不是一个对佛教虔信的人,因此不是一个真正的藏族人。

在这片土地上,很多教派与寺院兴起又衰亡,但却没有用它们掌握的文字为人们留下一些可以使人信服的历史记载,确实让人感到十分遗憾。而在这片土地上活动不久的天主教,那些西洋的传教士,不仅仅在他们眼中的这些化外之地,建起了教堂,传播福音,而且,这些传教士总是对刚刚涉足的这些土地上的一草一木,一沟一壑都感到浓厚的兴趣。那些传教士往往就是专业或者业余的自然学家、考古学家和地理学家。就在小金川人出入四川盆地必经的原瓦寺土司领地卧龙,就是一位名叫大卫的美国传教士于1869年发现了与中国人毗邻而居数千年的大熊猫,并开始发掘认识其在生物进化史上的巨大潜在价值。在与瓦寺土司地界相邻的岷江上游,本世纪三十年代曾发生一次大地震。巨大的山崩埋葬了古驿道上一个繁荣的小镇,并在岷江主流上出现了数公里长的湖泊,当地人叫做叠溪海子。但是,为如此重大的自然灾害留下最详细,也最具科学眼光记载的也是一位外国传教士。这使我们想到东方文化中某种令人遗憾的缺失。

这种东方文化中的缺失同样存在于藏族文化中间。

这种文化导致了具有漫长历史的文明没有明晰而确实的历史记载。

所以,我没有找到在赞拉土司领地上活动过很多年的传教士们留下的有关此地的记载。因为我始终相信,这种记载肯定是存在的,只是被湮灭在一大堆似是而非的类似神话的传说中了。藏族贵族与一些精神领袖的传说中,因为太多的神化的附会,太多超凡的解释,导致了历史本来面目的模糊与消隐。

现在,科学的历史观让我们懂得了如何看待和如何记载这个世界正在发生的一切变故,但是,当我们想要洞见历史真实的面目时,始终只能看到一个伟岸而又模糊的背影。

模糊的背影里有血与火的余光,有铁马金戈的余响。

模糊的背影滤掉了触目惊心的残酷与无奈,只剩下了动人的可以附丽许多想象的神秘与浪漫。

我转身钻进图书馆,求助于清代的用汉文写下的官方记载,一部《清实录》中辑出的有关赞拉与促浸土司以弹丸之地和十数万百姓与全盛时期的清王朝抗衡的历史记载足足有五六本之多。但都是领重兵进剿的将军的奏折与皇帝亲批的御旨。在那些烦琐的公文往返中,那场惊天动地的战争,改变了大小金川地区面貌的战争,也成了一个隐约的消息。

我们只是借此知道一个大约的轮廓,不得已,还是再引魏源所作的记载吧:

> 上命官兵先剿小金川,而勿声大金川之罪。

皇帝盛怒之后,损兵折将之后,开始冷静下来,认真对待了。

> 五月桂林遣将薛琮等将兵三千入裹五日粮,入墨垄沟。被断后路,我兵告急,而桂林不赴援夹攻,致全军陷没。泅水归者仅二百余,桂林匿不以闻,被劾奏。乃以阿桂代桂林为参赞大臣赴南路。十一月阿桂以皮船宵济,边夺险隘,遂直捣匪巢。十二月军抵美诺。僧格桑已送其妻妾于大金川。而自赴泽旺所居之底木达。泽旺闭寨门不纳,遂由美卧沟窜入大金川。我军到底木达俘泽旺。而檄索诺木缚献僧格桑不应。

至此赞拉土司全境陷落。

乾隆命大军继续向大金川进兵。最后,这场战争是以大清王朝的胜利而告结束,而我们能检索的资料都是胜利者的记录,如果能看到失败者一方的记录与反应,应该是一件更有兴味的事情,但是,这一切到目前为止还只是一个假想。也许,这一切总有实现的一天也未可知,但我在这里只能说,我们在期待着地方史专家们为我们发掘出一些更翔实更感性的资料。

我们永远期待着。而现在的现实是，当我们在这片土地上行走时，很多过去的藏族地名都被一些新的汉语的地名所代替了。

　　乾隆四十年十二月，大金川战事结束。

　　乾隆四十一年一月，乾隆皇帝下旨，小金川境内的赞拉土司与大金川境内促浸土司被永久废除。大金川土司领地设阿尔古厅，小金川境内设美诺厅。

　　小金川境内的美诺厅下设八角、汗牛、别思满和宅垄屯。传说两金川战事结束后，两地境内仅剩下万余嘉绒藏民，且多为妇孺老幼。但是，有前述两番战事在前，清王朝认为前车之鉴未远，便将这剩余人口大部分赏赐给随从征战有功的各路土司。剩下的部分妇孺，自然随战胜后留守屯田的汉族兵丁成为番妇了。这部分人在气候温和宜于垦殖的大小金川河谷生殖繁衍，产生出一种混合了藏汉血缘与文化因子的粗犷而又顽强的文化带。

沃日土司传奇

和赞拉土司的故事一样，沃日土司的故事也是一个面貌日益模糊的故事。

沃日土司本是赞拉土司的近邻。

和赞拉土司一样，其远祖也是苯教巫师的世家门第。传至一位叫巴比泰的远祖，于顺治十五年归顺清王朝，被册封为沃日灌顶净慈妙智国师。而所授名号中"沃日"一词正是藏语中领地之意。而从境内发源于四姑娘山中的沃日河正好流贯其领地的大部分地区,因而得名沃日河,在猛固桥头汇入小金川。沃日首领于两金川之役爆发后,和当时嘉绒地区的大多数土司一样,与清军协同作战,并为清军供助粮草,立下了不小的功劳。

乾隆第二次出兵大小金川,本身就与该土司直接相关。

当时,小金川土司泽旺之子僧格桑为独子,僧格桑之子也是独子。小金川土司的香火本就悬于一线。不料,泽旺土司之孙却突然暴病身亡。两家相邻的土司平时已有利益冲突,这时,赞拉土司一家便认为是沃日土司用苯教咒经作法,咒死了将来赞拉土司家族香火的传承之人,盛怒之下便向沃日土司进犯。这便为乾隆再征金川提供了口实。

传说,苯教巫师出身并有高强法力的沃日土司将赞拉土司泽旺父子扎成人偶念经诅咒,并在作法时用箭射穿,目的就是要把赞拉土司咒死并使其一家断绝香火。

而赞拉土司唯一的孙子就是因此才死去的。

于是,赞拉土司为复仇向沃日开战,攻寨略地,并不听四川总督调解,终于导致这一地区再一次兵刃相加。也许到后来,小金川土司父子会意识到过于相信苯教巫师法力是一种错误。因为当乾

268

隆第二次对两金川重兵进剿,更靠近内地的小金川首当其冲。除了据守险要拼死抵抗之外,据史料记载,小金川土司也请了许多苯教巫师作法,想使清兵将领横死,使日夜不停轰击碉卡的清军铜炮爆炸,但都没有起到想象中那种巨大的作用,这时,他们可能会意识到轻率相信苯教法术的超凡力量而贸然对沃日用兵,引来清兵大军压境是一个绝对的错误。当然,对一个具有扩张野心的统治者,一个自己认为的小国之君来说,对巫术力量的信服,本身就是一个恃强凌弱的借口。殊不知,这场小规模的同族间的兼并,又成为了一个野心更大帝国皇帝进兵,以建立真正的一统天下的借口。

天朝大军来到这弹丸之地,苦战经年,终于,大小金川覆巢之下,再无完卵。而已面临绝境的沃日土司却得以再生升天。清兵到来之后,沃日土司自然积极助战,两金川战事结束,以随征有功,该土司被赏以二品顶戴。

沃日地方的土司制度便一直保留到1937年,才被国民政府宣布废止,沃日土司境内开始由当地国民党县政府编保设甲。但是,当时国民党政权内忧外患,设立的制度并未认真施行。沃日土司名亡实存,其统治一直有效维持到解放。

所有这些因循的历史故事,都显出了几分沧桑。而这一路行去,山川河谷,那被无限止地破坏掠夺的自然界的百孔千疮正与这些故事一样的沧桑。成为与我内心情绪十分配合的一种外在场景。

一个人走在路上，不断有人在我休息的时候，向我讲述暴力故事的现代版本。如果说，过去那些有关屠杀与集体暴行的故事还带着一些悲壮激情与英雄气概的话，现代演绎的暴力故事却只与酒精和钱财有关。

如果遇到不讲这种故事的人，却又会向你传达一种焦虑，那是不能脱离贫困的焦虑，一种不能迅速拥有财富的焦虑。

所以，我要说，这一路行来，短短几十公里的两天路程还未走完，当我远望沃日土司官寨的碉楼的隐约的身影时，心里那因为怀旧而泛起的诗情已经荡然无存。现在，总是遇到很多人问我一个问题，那就是作为一个对本地文化与本族生活有过很好表现的作家，为什么最终却要选择离开。

那么，我现在可以回答了。答案非常简单，不是离开，是逃避。对于我亲爱的嘉绒，对于生我养我的嘉绒，我唯一能做的就是保存更多美好的记忆。

现在，沃日土司官寨在我的面前出现了。此前，我已经不止一次到过了嘉绒土地上的所有土司官寨。今天，我要来补上这一课，在这样的地方，我能隐约地看到历史的面貌。可是，今天，当我到达沃日的时候,历史老人第一次把背朝向了我。而在过去我总是认为,对于一个写作者,历史总会有某种方式,向我转过脸来,让我看见,让我触摸,让我对过去的时代,过去的生活建立一种真实的感觉。

这种感觉一直都是我最宝贵的写作资源,但是,今天,唉!我觉得我无力描述所有的观感。确确实实,当我那天到达沃日的时候,在达维河的南岸,沃日土司官寨出现在一个宽阔的河谷台地上。

在嘉绒藏区,在逐次升高的群山的阶梯上,总是有一些这种宽阔而美丽的山间谷地不断出现。在这些宽阔的山谷里,总是有着比别处更多的绿色。

这是骄阳正烈的中午时分,果园和玉米地,在高原强烈日光照耀下闪闪发光。我隔着河瞭望那片醉人的绿色,可是,满头的汗水迷住了我的眼睛。

结果,被汗水刺痛的眼睛里流出了很多泪水,好像我是想到这里来痛哭一场。等我擦干泪水,再次抬头望去,就看到沃日土司官寨静静地耸立在这一片浓郁的绿色中间。

过桥的时候,我也一直抬头望着过去曾威震一方的堡垒式的土司官寨。

走到桥面上时,河岸升起来,挡住了我的视线,田野和果园的绿色以及绿色中央的一个旧梦一样灰黑色的土司官寨都从眼前消失了,只有护卫着寨子那个高高的碉堡方正的顶子还浮动在眼前。走过河上的桥,走上河岸,田野里的绿色又照亮了双眼!

走过大片的玉米地,看到玉米高大的植株下潮湿的垄沟里,还牵着长长的瓜蔓,瓜蔓上开着朵朵喇叭状的黄色花朵。一条大路穿过田野,把这片河岸台地从中分成了两半。大路笔直地穿过山脚下平整的肥沃土地,然后爬上绿色灌木和草丛稀落的灰色山坡,转过一道山梁,消失在渐渐浓郁的青苍山色中了。

就在我且行且走,瞭望蜿蜒上山的大路时,一片清凉的树荫笼罩在我身上了。我把背包靠在一道矮石墙上,发现自己已经站在沃日土司官寨的门口了。

没有什么新奇的感觉。这座官寨除了一般官寨应有的特征外,比别的土司官寨更多汉族建筑的影响。最是特别处,是堡垒般院落的大门,那完全是一座汉式的门楼,带着汉地很多地方都可以见到的牌坊的鲜明特点。

而最具有嘉绒本地特点的,当然是乱石砌就的坚固墙壁。其次就是用同样的乱石砌就的高高的碉楼了。我想拍几张照片,但是我发现,我该死的不明原因的按快门的那只手的震颤更加厉害了。这只手就常常这样反抗我的意志,我走过很多美丽的地方,都想留下一些用我的眼光,我的角度,我的取景方式拍摄的照片,并且不止一次添置照相设备,但是,这只在日常生活中只是在端起酒杯时会把很多酒洒在外面的手,却会在我举起相机把手指搭在快门上时震颤不止。没有医生告诉过我这是什么原因,我也没有主动向医生讨教过所以如此的原因。我叹口气,放下了相机。出发上路很多天了,而且出钱资助这次旅行的出版社也要求我提供自己亲手拍摄的照片。

但我对自己没有一点办法。

只是把相机放在很深的背包底下。我走进院子,四周的围墙上探过了许多苹果的树枝,上面都挑着青涩的果实。院子里很安静。松软的地面上散落着从这巨大建筑上什么地方掉落下来的木板。木板在潮湿的泥土上都有些腐败了,一脚踩上去,下面就叽咕一声涌出些泥水来。一脚一脚踩去,这院子里就满是那种我熟悉的腐败的甘甜味了。

院子四周的墙角边,长着一丛丛粗壮的牛蒡。

在正午时分,站在这样一个几乎被世人遗忘,而且只剩下对过去时代记忆的院子里,我看到一层层楼面上很多的窗户,看到一道道楼梯通到楼上,但是我没有登上那些楼梯,也没有把头探进那些斜挂着蛛网的窗户。因为我几乎就要相信,每一间安安静静的屋子里,都有一个灵魂在悄无声息地张望着我这个不速之客。每一次,在这样的环境里,我都几乎会相信这个世上真正有灵魂存在,或者说是这个世上应该有灵魂的存在,来告诉我们一些关于过去的鲜为人知的秘密。

站在正午的阳光里,站在满院子略带甘甜味木头正在朽败时散发出的甘甜味中间,我就如此这般地陷入了自己的玄想。

在这种玄想中,内心总是隐隐地痛楚着,领受一种宿命般的感觉。

于是,我又想起了沃日土司的结局。

这个血统纯正的嘉绒藏族土司,到末世的时候,可能已加入了不少的汉族血统。我没有时间也没有特别的兴趣去为一个湮灭近半个世纪的家族重新建立一种清晰的谱系。我所以做出这个判断,是因为末代的沃日土司已经有了一个汉姓:杨。据说,末代的杨土司像许多土司家族走向没落时的宿命一样,整个家族不仅在政治经济上日益衰败。就是在纯生物繁衍的意义上,一种家族的基因和血统,历经几百上千年的风霜雨雪,终于穿越得越来越疲惫,终于失去了最后一点动力。我所知道的很多土司故事中,相当的一个部分,就是土司们为了香火的传续而担惊受怕。

一直都没有特别强大过,但一直都特别有韧性地传递着血缘与家业的沃日土司,最终也逃不过这种宿命。

最后一代姓了汉姓,有了汉名的土司性情懦弱,而且常常神志不清。

这样一个土司,自然被当时国民政府派任小金的县长玩弄于掌股之上。也像所有版本的宿命的官场故事一样,杨姓土司没有逃脱一桩政治婚姻。当地美女孙永贞嫁给了他。这也是嘉绒土地上土司故事中常见的一个版本。能干聪明而且漂亮的女人掌握了土司的大权。当然,随着时代不同,每一个重版的故事都会增加一些不同于以往的新鲜情节。

在沃日土司故事的尾声部分里的这个杨孙永贞,还是一个加入了国民党军统组织训练的特务。

这时,已经是二十世纪四十年代。国民党在大陆的统治即将拉上大幕了。

当中华人民共和国在北京宣布成立时,沃日女土司又到成都接受军统特务头子的训练,并被任命为游击军指挥官。回到领地后,她积极组织地方武装,准备与即将进入藏区的解放军队伍作战。

解放军队伍到来后,这位女土司果然领全境之兵向解放军开战。在最初一两年时间里，为刚刚建立的共产党政权制造了不少麻烦。关于这个漂亮的女土司，有很多英雄般的传说，今天，已经很难完全考辨其真伪了。但她骑得好马，玩得一手好双枪，往往能弹无虚发，却是实实在在的事情。但在大军过处，她还是只能在众叛亲离的情形下节节败退，最后，被解放军生擒，并被人民政府因其罪大恶极而坚决镇压。

差不多同一时间，嘉绒土司制度终于退出了历史的舞台。

沃日土司在解放后又生存了相当长的时间，但是土司时代已经结束，一个个体的存活，除了人道的意义外，已经没有更深广的意义了。

末 世 土 司

　　沿梭磨河而下，十五公里处就是松岗乡。再往下是金川，金川再往下便是我们已经去过的丹巴。

　　电站距松岗乡所在地还有两公里左右的路程。

　　当松岗电站的大坝出现在我眼前时，我却没有一点激动之感。我怀揣着一纸入学通知书离开的时候，大坝刚刚浇筑完基础部分。

现在坝里蓄满了水的部分，那时是一个不小的果园。春天，那里是一个午休的好地方。大家把拖拉机熄了火停在公路上，走进果园，背靠着开花的一株苹果树，斜倚在带着薄薄暖意的阳光下，酣然入眠。

那时普遍缺觉，一台拖拉机两个人倒班，再说了，加一个班，还有一块五毛钱的加班费，可以在小饭馆里打到两碗红色的甜酒。

有时候，我的同伴们会小小地赌上一把。但我只想睡觉，睡我那十六七岁的人那永远不够的睡眠。

但是，那个大坝在我眼里却没有让人激动的感觉。因为我付出的劳动，因为记忆中那上千人挑灯夜战的盛大劳动场面，我觉得这个大坝应该更加雄伟高大。我想上大坝走走，却被一个值班人员不客气地挡住了。

于是，便更加地兴味索然。

好在，再有两公里的样子，公路再转过几个山弯，就是松岗了。于是，我便离开电站，奔向了松岗乡。

中午时分，我在一个小饭馆里坐下，要了菜和啤酒，坐在窗前，望着对面山嘴上的松岗土司官寨。

在我眼前，很多建筑都倾圮了，只有两座高高的石碉，还耸立在废墟的两头，依然显得雄伟而又庄严。其中一座碉堡的下部，垮掉了很大一部分，但悬空了大半的上部却依然巍巍然在高远的蓝天下面。松岗这个地名，已经是一个完全汉化的地名，其实这是藏语名称茸杠的译音。这个地方的名字，便是由那山梁上那大片废墟而来，意思就是半山坡上的官寨。

饭馆老板我认识，因为我们那时曾在他的地里偷掰过不少玉米棒子。为此，他来找我们的领导大吵大闹过。当然，他不认识我，所以，我也没有为此补上一份赔偿。

我只是跟他谈起了松岗土司寨子。他告诉我，那座悬空的碉堡，是"文革"武斗时一个重要的堡垒，进攻的一方曾用迫击炮轰击，却只炸出了下半部分那个巨大的缺口。我说，再轰几炮不就倒了吗？

他笑笑，说："那个时候嘛，也就是摆摆打仗的样子，没有谁特别认真地打。"

看他年纪，应该知道一些末代土司的事情。他果然点头说，见过少土司的。我也多少知道一些这个末世土司的故事。后来，这个土司在五十年代末从西藏逃去了印度，后来，又移民到了加拿大。八十年代还回到这里，故地重游过。

这也是土司故事中一个有意思的版本。一个末世土司的版本。在百姓传说中风流倜傥的末世土司叫苏希圣。苏本人并不是土司家族出身。他的家族本身只是我家乡梭磨土司属下的黑水头人。后来,梭磨土司日渐式微,黑水头人的势力在国民政府无暇西顾的民国年间大肆扩张,很多时候,其威信与权望已在嘉绒众土司之上。

说起来,事情恐怕也不仅仅像是巧合那么简单,到了土司制度走到其历史尾声的二十世纪五十年代,嘉绒境内的众土司们都有些血缘难继的感觉了。松岗土司也不例外。正是土司男性谱系上出现了血缘传递的缺失,一个势力如日中天的头人的儿子,才过继过来,成了这里的少土司。

这些故事听起来,也像是一些末代帝王故事的翻版。所有宫闱戏剧的一种翻版。

而松岗土司家族本身,原来也只是杂谷土司辖下的一方长官。只是到了乾隆十六年,其治所远在几百里外的杂谷土司因侵凌梭磨土司与卓克基土司被清兵镇压,杂谷土司苍旺被诛杀,杂谷土司本部所在辖地改土归流。松岗这块地则授由梭磨土司之弟泽旺恒周管辖,并授予松岗长官司印。

这是松岗土司之始。据说这首任土司继土司位两年就死去了。后传十二世至土司三郎彭措,因其无恶不作,激起民变,于一九二八年被杀,并被抛尸入河,土司无人继任。土司治下八大头人分为两派,轮流襄助土司太太执政十五年后,方有末代土司苏希圣入掌土司印。七年后,嘉绒全境解放,土司时代的事情,就一天一天地变得越来越遥远了。

那天,在仰望着土司寨子废墟的那个小饭馆的窗台上,我看到一个几页纸的已经没有了封皮的铅印小册子。其中一段像诗歌一样分行排列的文字是歌颂松岗官寨的:

> 东边似灰虎腾跃,
>
> 南边一对青龙上天,
>
> 北边长寿乌龟,
>
> 东方视线长,
>
> 西边山势交错万状,
>
> 南山如珍珠宝山,
>
> 北山似四根擎天柱,
>
> 安心把守天险防地,
>
> 飞中耸立着,
>
> 松岗日郎木甲牛麦彭措宁!

我曾多次听人说,每个土司官寨造就之时,都有专门的画工绘下全景图,并配以颂词,诗图相配称为形胜图。那么,这段文字就是发掘来的那种颂词吗？在没有找到原文，或者是找到可靠的人翻译出来之前，我不敢肯定这段文字就是。但我总以为，这肯定就是那种相传的形胜图中的诗句，只不过，译成汉语的人，可能精通藏文，但在汉语的操作，尤其是关乎诗歌的汉语操作上，却显得生疏了些。因为在讲究藻饰的藏语里，这段文字的韵律会更顺畅一些，而词汇的选择也会更加华美与庄严。

就在同一本小册子上，还记住一些较为有趣的事情，有关于土司衙门的构成及一些司法执行情况，也凭记忆写在这里吧。

每天，土司寨子里除了土司号令领地百姓，决定官寨及领地大小事宜之外，还有下属各寨头人一名在土司官寨里担任轮值头人，除协助土司处理一应日常事务外，更要负责执行催收粮赋，支派差役，有能力又被土司信任的头人，还代土司受理各种民事纠纷与诉讼案件。还要负责派人发送信件，捕获人犯等等。

值日头人的轮值期一般在半年左右。所起的作用，相当于大管家。在值日头人下面，还有小管家，由二等头人轮流担任，经管寨内柴草米粮，并把握仓库钥匙。

小头人也要到土司官寨轮值。这些本也是一方寨民之首的头人，到了土司寨子中，其主要责任却是服侍土司，无非是端茶送水之类。

另外，土司还有世袭的文书一名。世袭文书由土司赐给份地，不纳粮赋，不服差役，任职期间，另有薪俸。其地位甚至超过一般的头人。

松岗土司还有藏文老师一名，最后一任土司的藏文老师名叫阿措，除了官寨供给每日饭食外，另有月俸六斗粮食。据说最后一位藏文老师因为土司年轻尚武，只喜好骑马玩枪，最后便改任寨里的管家了。

过去在这里当修电站的民工时，偶尔也从当地人嘴里听到一些土司时代的趣闻逸事，其中一些就有关于土司的司法。就说刑法里最轻也最常用的一种是笞刑。大多数土司那里，此刑都用鞭子施行，在松岗土司领地，老百姓口中的笞刑直译为汉语是打条子。笞刑由平时充任狱吏的叫腊日各娃的专门人员执行。而打人用的条子是一种专门的树条。并由一个叫热足的只有十余户人家的寨子负责供应。当地人说，这种条子一束十根，每根只打十下，每束打完，正好是一百的整数。

据说官寨里还专门辟出一间屋子来专门装这种打人的树条。

我曾多次去过通往大金川公路边的那个叫做热足的寨子，有一次，我问那里的老人有没有全寨人都砍这种树条来冲抵土司差役这件事情，大家都笑笑，把酒端到来客面前，而不作出回答。

当然，也没有人告诉过我，这山弯里哪一种树上长出了专门打人的树条，更不会有人告诉我，土司为什么会选择这种树条而不是那一种树条。

而我最记得的是，热足的寨子家家门前的菜园里，一簇簇朝天椒长得火红鲜亮，激人食欲，但是，揉好一碗糌粑，就一小口蘸了盐的辣椒，结果两耳被辣得嗡嗡作响，像是有一大群炸了窝的马蜂绕着脑袋飞翔。

最后，他们没有告诉我什么树条是执行笞刑的树条，而是告诉我什么样的情形下会遭到鞭笞的刑罚。

老人扳下一根手指，第一，不纳粮、不支差役，即被传到官寨下牢，这时如不向土司使钱，便会被鞭笞几束树条，即笞刑数百，并保证以后支差纳粮，才被放回。

老人再扳下一根手指，第二，盗窃犯，笞刑数百后，坐牢。

老人竖起的手指还有很多，但他扳住第三根指头想了想，又放开手，摇摇头说，没有了。而我的感觉依然是意犹未尽，要老人再告诉我一点什么。老人有些四顾茫然的样子，说，讲点什么呢？看他的眼光，我知道他不是在问我，而是问他自己，问他自己的记忆。这时，他的目光落在了枪上。

那是一支挂在墙上的猎枪。

猎枪旁边,挂着的是一些牛角,牛角大的一头装了木头的底子,削尖的那一头,开出一个小小的口子,口子用银皮包裹,口子上有一个软皮做成的塞子。这是猎人盛装火药的器具。为了狩猎时装填火药更为方便,牛角本身从大约四分之三的地方截为两段。连接这两段是一个獐子皮做成的像野鸡颈项一样的皮袋。倒出火药时,只要掐住了那长长的野鸡颈子一样的皮袋,前面那段牛角中,正好是击发一枪所需要的火药。火药如果太多,猎枪的枪膛就会炸开,伤了猎人自己。那截皮颈是一道开关,也是一个调节器,可以使枪膛里的火药有一些适量的调节。打大的猎物时,装药的手稍松一点,枪膛里会多一点火药来增加杀伤力,打一般的猎物,装药的手总是很紧的,即便这样,有时打一只野鸡,枪声响处,只见树上一蓬羽毛炸起,美丽的羽毛四处飘散,捡到手里的猎物的肉却叫铅弹都打飞了。

除了装填火药的牛角,猎枪旁边还有一只烟袋大小的皮袋,里面装着自己从砂石模子里铸出来的圆形铅弹。

这些东西,都跟猎枪一起悬挂在墙上。

老人从墙上取下猎枪,从牛角里倒出一些火药,摊在手里。那些火药本该是青蓝色的,像一粒粒的菜籽,现在都已经板结成团。

老人叹了一口气,我知道,这种火枪,在土司统治时的寓兵于民的时代，是土司武装的主要兵器，在土司制度寂灭之后，这些火枪又成了打猎的武器。就在五六十年代，寨子的农民一到秋天，还必须带上猎枪守在庄稼成熟的地头，与猴群，与熊，与野猪争夺一年的收成。而在今天，随着森林的消失，猎枪已经日渐成为一种装饰，一种越来越模糊的回忆了。